Peter Mathys

Richter auf dunklen Abwegen

Peter Mathys

Richter auf dunklen Abwegen

(Vorgänger: Schlimmer Verdacht)

Kontakt:
Peter.Mathys@gmx.net

Lektorat:
Brigitte Matern

Satz:
Patricia Grab / Thomas Auer

Buchumschlaggestaltung:
Thomas Auer

© 2019 Peter Mathys
Herstellung und Verlag:
BoD – Books on Demand, Norderstedt
ISBN: 9783749470662

Inhalt

Vorwort
von Al'Leu

Der Begriff *Pädophlie* wurde erstmals 1886 vom Wiener Psychiater und gerichtsmediziner Richard von Kraft-Ebing in seinem Buch *Psychopathia sexualis* wendet. Zuvor hatte dieser Tatbestand keinen Namen und wurde strafrechtlich nur selten verfolgt.

Pädophilie bezeichnet ein primär und dauerhaft auf Kinder ausgerichtetes sexuelles Interesse von Erwachsenen. Gemäss der heute gültigen Definition muss der Täter oder die Täterin älter als 16 Jahre alt sein und 5 Jahre älter als das minderjährige Opfer. Bei der Recherche zu diesem Tatbestand fällt auf, dass die Vertreter der Psychologie und der Sexualforschung die Tendenz haben, Pädophilie in zahlreiche Krankheitsbilder zu fragmentieren und dadurch die Täterschaft weitgehend zu Opfern sozialer oder psychischer Umstände zu erklären.

Da ist beispielsweise die verharmlosende Definition der Berliner Charité, die Pädophilie als die »ausschliessliche oder überwiegende sexuelle Ansprechbarkeit durch vorpubertierende Kinderkörper« bezeichnet. Die Opfer werden mit keinem Wort erwähnt. Auch nicht die Täterschaft mit ihrem egoistischen Lustgewinn aus Trieb, Machtgenuss und Sadismus. Wie in vielen Bereichen wird auch hier versucht, persönliche Verantwortung für eine individuelle Veranlagung auf die Gesellschaft abzuwälzen. Dass der sexuelle Missbrauch von Kindern durch die Obrigkeit ein uraltes Thema ist, lässt sich schon in den ersten Quellen der Menschheitsgeschichte, den sumerischen Tontafeln, nachlesen.

Zu sexuellem Missbrauch von Kindern und Jugendlichen kommt es in der Schweiz oft. Jährlich gehen bei Fach- und Polizeistellen zwischen 3.500 und 4.000 Meldungen von sexuellen Übergriffen auf Minderjährige ein.

Zürich, Bahnhofstrasse 34, fünfter Stock

Der Winter wollte einfach nicht weichen. Hartnäckig krallte er sich fest, wie wenn es dieses Jahr den Frühling zu verhindern gälte. Bitterkalt war es an diesem späten Märzabend. Die Banken- und Einkaufsmeile, die sich vom Zürichsee bis zum Hauptbahnhof hinzog, war nach einem garstigen Schneetreiben wie ausgestorben. Beim Paradeplatz ragte wuchtig die graue Glasfassade der Schweizerischen Volksbank in den Himmel. Neben diesen fünfzehn Stockwerken wirkte das gegenüberliegende Haus an der Bahnhofstrasse 34, geradezu winzig. Es war ein düsteres, Kälte ausstrahlendes altes Backsteinhaus mit einem schwarzen Gibeldach. Eine gebogene Hoflampe über der Eingangstüre beleuchtete den Vorplatz. Rechts neben der Tür ein grosses rundes Messingschild mit dem Züri-Leu-Wappen. Darauf war zu lesen: Regionalpolizei Zürich.

Drückte man tagsüber die Klinke der schweren, mit kunstvollen Handschnitzereien verzierten Eichenholztüre, setzte sich eine automatische Anschiebehilfe in Gang, und mit einem knarrenden Geräusch öffnete sich die Türe wie von Geisterhand, um Momente später wieder ächzend ins Schloss zurückzufallen. Das Treppenhausgewölbe im Innern war in gedämpftes Licht getaucht. Eine aus Stein gehauene, breite Treppe führte bis ganz nach oben in den fünften Stock. Dort, im Zimmer 510, dem Büro des Polizeioffiziers Fritz Stocker, brannte an diesem Abend noch Licht. Trotz der späten Stunde wurde hier noch gearbeitet.

Major Stocker sass hinter seinem Schreibtisch mit gesenktem Kopf im Schein einer Tischlampe in seine Arbeit vertieft. Vor ihm lag ein Stapel Bewerbungen für die vor kurzem ausgeschriebene Polizeioffiziersstelle. Der Major zog aus dem Stapel eine Bewerbungsakte, blätterte die Seiten durch. Gut. Sehr gut, dachte sich der Major, sogar eine richtige Bezirksanwältin bewirbt sich bei uns. Das wäre doch eine würdige Nachfolge für unseren Oberleutnant Stephan Gussmann der Ende Monat nach Bern zur Bundespolizei gehen wird. Er studierte jede Bewerbung so gründlich durch, dass er darüber ganz die Zeit vergass.

Major Fritz Stocker, Jurist, stellvertretender Kommandant der Regionalpolizei, verheiratet mit Britta, eine geborene von Muralt, ein altes, wohlhabendes Zürcher Geschlecht. Sein ganzer Stolz war seine dreijährige Tochter Anna. Der Major war Ende dreissig und ein grosser, knochiger Mann mit einem glatt rasierten, schmalen, blassen Gesicht, aus dem eine markant gebogene Nase herausragte. Die Locken seines strähnigen dunklen Haars waren stets sorgfältig zurückgekämmt. Was auf eine gewisse Eitelkeit schliessen liess. Da er bei seinen Uniformpolizisten mit Argusaugen stets auf die Korrektheit des Tenues achtete, traf man auch ihn nur in tadelloser Kleidung, meist im eleganten dunklen Anzug, an. Doch ansonsten, vom Wesen her, besass er ein sprödes, verschlossenes, wenig durchschaubares Naturell. Etwas Beunruhiges lag in seinem Blick. Nicht umsonst eilte ihm der Ruf nach, bei der Regionalpolizei die hinter den Kulissen Fäden spannende, graue Eminenz zu sein.

Endlich Feierabend. Er schob die Bewerbungsunterlagen zur Seite. Wieder einmal hatte er einen Zwölfstundentag hinter sich gebracht. Der Major erhob sich klemmte seine Aktenmappe unter den Arm, löschte das Licht, verschloss sein Büro und steuerte die Stufen hinab Richtung Ausgang. Im dritten Stock bemerkte der Major jedoch einen Lichtschein am Ende des Gangs. Dort befand sich der fensterlose Putzraum, wo die Putzfrau Maria Arrigoni, den Feierabend vor sich, gerade ihre Putzutensilien versorgte. Maria Arrigoni, zweiundfünfzig Jahre alt, alleinerziehende Mutter von zwei halb erwachsenen Kindern. Eine, die ihren Mitmenschen immer alles recht machen wollte. Ein Nein war ein Wort, das sie nur schwer über die Lippen brachte. In den 1960er-Jahren war sie auf der Suche nach Arbeit aus Sizilien in die Schweiz eingewandert. Mit ihren langen Haaren und dem dunklen Teint war sie, trotz ihres Alters, immer noch eine Schönheit, die eine gewisse erotische Sinnlichkeit ausstrahlte.

Putzen, Putzen und nochmals Putzen bestimmte seither ihr ganzes Arbeitsleben. Berufliche Alternativen hatten sich nie ergeben. Dennoch machte ihr die Arbeit Freude, und sie war dankbar und froh, ja sogar ein wenig stolz, bei der Regionalpolizei angestellt zu sein. Als der Major den Lichtstrahl am Ende des Ganges sah, hellte sich seine Mine kurz auf. Oh wie schön! Maria ist noch da! Sofort machte er im Treppenhaus rechtsum kehrt und eilte in langen Schritten den Gang entlang, dem Lichtstrahl folgend.

Seine Schritte auf dem braun-weiss gemusterten Steinboden waren bis in den Putzraum zu hören. Erschrocken fuhr Maria auf, drehte sich herum und sah wie der Major unter der Tür auftauchte. Für die Frau war nicht schwer zu erraten, was dies für sie wieder bedeutete.

»Oh, Signor Stocker! Oh no, no! Nicht! Bitte!«

»Ach Maria, stell dich nicht wieder so an. Du brauchst es doch auch«, lautete die um Sanftheit in der Stimme bemühte Antwort des Majors. Maria Arrigonis Blick wanderte nach unten, er hatte seine Hosen samt der Unterhose bereits auf Kniehöhe herunter-gelassen. So entblösst stand er vor ihr. Erwartungsvoll begann der Major, seinen Penis zu frottieren. Und schon packte er sie an den Hüften und zog sie mit einem kraftvollen Ruck rückwärts zu sich heran. Das blasse Gesicht des Majors wechselte die Farbe. Sein Gesicht wurde rot vor Erregung. Schweissperlen bildeten sich auf seiner Stirn, flossen ihm die Wangen herab, tropften auf Maria Arrigonis Hinterteil.

Der Major schob ihr hektisch den Rock hoch und riss ihren schwarzen Slip herunter. Ein hoher, spitzer Schrei entfuhr der Frau, als der Major von hinten in sie eindrang. In einem schnellen Rhythmus und mit harten Stössen wurde der Geschlechtsverkehr vollzogen. Mit der Zeit passte Maria Arrigoni sich dem Rhythmus des Majors an. Sie waren ein ungleiches Paar, doch es sah so aus, als hätten die beiden darin schon einige gemeinsame Erfahrung vorzuweisen. Bis weit in den Gang hinaus war das klatschende Geräusch vermischt mit einem tiefen, dunklen, männlichen Schnaufen und das Stöhnen der Frau zu hören. Keiner der bei-den merkte, dass gerade ein Schatten an der Tür vorüberhuschte. Ganz wohlig und mit verschwommenem Blick ergoss sich der Major mit einem Schrei in ihr. Keuchend ging sein Atem. Einen langen Augenblick verharrten die beiden so ineinandergepresst in dieser Stellung. Dann stiess der Major die Frau abrupt von sich, trat einen Schritt zurück und zog schnell seine Hose hoch.

Und noch einmal spürte Maria Arrigoni ganz nah das Gesicht des Majors in ihrem Nacken, spürte seinen Atem an ihrem Haar und in einem schon fast drohenden Ton flüsterte er: »Und, Maria, halte dich daran, kein Sterbenswort nach aussen. Einer Ausländerin glaubt hier sowieso niemand. Dann ist deine Arbeitsstelle futsch. Hast verstanden Maria?«

»Si, si, Signor Stocker.«

Ihren Blick beschämt auf den Boden gerichtet, begann die Frau ihre Kleider in Ordnung zu bringen. Der Major warf einen kurzen Blick auf seine Armbanduhr. Herrgott noch mal, so spät schon, viertel vor elf! Eigentlich müsste er schon längst zu Hause bei seiner Familie sein. Jetzt musste er sich aber wirklich beeilen, wenn er noch vor Mitternacht zu Hause sein wollte. Ohne sich richtig zu verabschieden – nicht mal ein Gutnacht war es dem Major wert – verliess der Major den Putzraum. Die Art, wie er sich davonmachte, konnte man fast als Flucht bezeichnen. Mit schnellen Schritten ging es den Gang zurück ins Treppenhaus, die Stufen hinab. Unten im Parterre, am Auskunftsschalter vorbei, erreichte der Major die Eingangstüre. Er holte aus seiner Anzugstasche den Schlüssel hervor, steckte ihn ins Schloss, entriegelte die Türe, drückte die Klinke hinunter und mit einem Knarren öffnete sich die schwere Eichentür.

Draussen blies ihm ein eisiger Wind ins Gesicht. Schneeflocken wirbelten durch die Luft. Der ganze Paradeplatz war mit einer feinen weissen Schneeschicht überzogen. Kalte Luft drang durch seine Kleidung, liess ihn frösteln. Vorsichtig blickte er nach allen Seiten. Weit und breit war keine Menschenseele zu sehen. Sehr gut!, dachte der Major. Eiligst stapfte er durch den Schnee und verschwand um die nächste Hausecke.

Samuel Weiss, 43 Jahre, Revierdetektiv

Dreiundzwanzig Jahre war ich alt, als sich mein Buben-traum erfüllte. Vor lauter Glück hätte ich die ganze Welt umarmen können, als ich im Februar 1995 den Brief der Regionalpolizei Zürich in den Händen hielt: Schwarz auf weiss stand darin, dass ich, Samuel Weiss, wohnhaft in Dübendorf, die Aufnahmeprüfung für die Polizeischule mit Erfolg bestanden hatte. Jetzt sah ich meine berufliche Zukunft klar vor mir. Vorbei die langweilige Zeit, in der ich mich als Angestellter einer Schweizer Grossbank mit Zahlen herumschlagen musste. Aktion pur war angesagt. Von nun an war ich ein nützliches Mitglied der Gesellschaft und durfte im Dienst des Gemeinwohls für Recht und Ordnung sorgen. Ein unvergleichliches Hochgefühl hatte ich schon zu Beginn der Polizeiausbildung, als ich zum ersten Mal die dunkelblaue Polizeiuniform anziehen durfte. Ein richtiger Uniformierter war ich, wie ich es mir immer gewünscht hatte.

Das Highlight meiner Ausbildung war das Praktikum bei der Kriminalpolizei. Ich wurde damals der Sitte zugeteilt, und dort kam mir auch das erste Mal der Name Franz Häfliger zu Ohren. Wo auch immer ich mich gerade aufhielt, sei es im Büro, in der Kantine oder auf dem Gang, immer wenn es um irgendwelche Pädophilengeschichten ging, fiel der Name dieses ehemaligen Sittenpolizisten. Unbegreifliches habe sich da im Jahr zuvor ereignet. Um einen pädophilen Richter sei es gegangen, der von höchster Stelle geschützt worden sei, sodass der Fall am Ende abgeklemmt worden sei. Und bei dieser Vertuschung sei diesem Franz Häfliger ein himmelschreiendes, menschliches Unrecht zugefügt worden. Seltsam an der Sache war, dass über diese Angelegenheit gesprochen wurde, als wäre es die harmloseste Sache der Welt. So, als ob über das Wetter gesprochen würde oder wie wenn ein Verkehrspolizist wegen einer Parkbusse ein Auge zudrücken würde. Ich war sprachlos. Von Neugier gepackt entschloss ich mich, im Rahmen meiner Möglichkeiten selbst einmal nachzuforschen, was da geschehen war. Mit Geduld und einer gewissen Hartnäckigkeit gelang es mir im Laufe der Jahre tatsächlich, einige Insider ausfindig zu machen. Die, die reden wollten, liess ich erzählen. Hörte zu, wie sie sich ihre unverarbeitete Last von der Seele redeten. Hörte einfach nur zu und ging dann wieder. So kam allmählich ein erschreckendes polizeiliches Sittenbild aus einer vergangenen Zeit zum Vorschein. Dabei ging es um Macht, Machtmissbrauch und die Ohnmacht des kleinen Polizisten. Ich hatte mehr gehört, als ich hören wollte. Und tief, sehr tief in mir drin veränderte sich mein Verhältnis zur Polizei.

Roland Schwarz, 86 Jahre, pensionierter Polizist

Ja, die Zeit vergeht, und wie die Zeit vergeht. Unsere Regionalpolizei von früher lässt sich mit der heutigen nicht mehr vergleichen. Früher, da war alles noch anders. Was? Gute alte Zeit? Nein, sicher nicht, Herr Weiss. Hören Sie doch auf, mir mit diesem blöden Spruch zu kommen. Überhaupt nicht besser war das damals bei uns, als ich in den sechziger Jahren in die Polizeischule eintrat. Militärische Zucht und Ordnung war angesagt, unter der Woche wurden wir kaserniert, wie Soldaten. Galt sogar für Verheiratete. Heute undenkbar, nicht wahr? Richtig preussisch ging es da zu. In aller Herrgottsfrühe mussten wir zur Tagwache antreten, dann schnell das Morgenessen heruntergeschlungen und ab in die Turnhalle Sihlhölzli zum Frühsport, anschliessend kurz geduscht und mit noch nassen Haaren im Laufschritt eines gehetzten Hundes zurück und in das grosse, nach Bohnerwachs riechende Schulzimmer. Diesen muffigen Gestank habe ich noch heute in der Nase. Dort mussten wir stumpfsinnig ständig irgendwelche alten Polizeirapporte abschreiben. Zur Übung, völlig sinnlos.

Nein, gar kein Zuckerschlecken war die Polizeiausbildung damals, geschlaucht wurden wir. Stellen Sie sich vor, sogar zum Küchendienst wurden wir abkommandiert! Und was unseren Lohn betraf: Polizist zu sein, das war das Betteln versäumt! Mit einem Anfangslohn von etwas über Tausend Franken im Monat musste ich eine Familie mit zwei Kindern durchbringen. Das Leben war damals im Vergleich zu heute zwar billiger, doch selbst ein Kinderwagen war nicht unter dreihundert Franken zu haben.

Um einigermassen über die Runden zu kommen, habe ich wie viele meiner Dienstkollegen abends, an den Wochenenden, sogar noch während der Ferien auf dem Bau gearbeitet. Richtige Schwarzarbeit war das, alles unter der Hand und cash, verstehen Sie? Glücklich schätzen konnte sich, wer vor seiner Zeit bei der Polizei einen Handwerkerberuf erlernt hatte. Gefragt waren vor allem Maurer, Maler, Schreiner, Sanitärinstallateure oder einfach handwerklich begabte Leute, die richtig mitanpacken konnten. Ganze Schwarzarbeitertrupps sind damals aus der Regionalpolizei heraus entstanden. Erst in den siebziger Jahren ging es mit unserem Lohn bergauf, sodass wir nicht mehr allzu stark auf eine zusätzliche Einnahmequelle angewiesen waren.

Nein, gut war die alte Zeit sicher nicht, nur anders. Ein völlig anderes Justizsystem hatten wir da, noch keine einheitliche Strafprozessordnung. Früher gab es in der Stadt Zürich noch eine Bezirksanwaltschaft. Gefängnisse hatten wir noch, die wir Zuchthäuser nannten. Ein Opferhilfegesetz? Völlig unbekannt. Erst Mitte der achtziger Jahren ergab sich die Möglichkeit des »genetischen Fingerabdrucks« mithilfe der DNA-Analyse. Eine richtige Revolution bedeutete das damals für unsere forensische, kriminaltechnische Abteilung. Wenn ich sehe, wie einfach es die heutige Polizistengeneration nur schon mit dem Rapportschreiben hat! Wir mussten uns damals noch mit mechanischen Schreibmaschinen herumschlagen: Keine Korrekturtaste, keine Löschtaste, keine Speichermöglichkeiten, keine digitalen Versandmöglichkeiten. Richtig neidisch könnte man da noch heute werden.

Jedenfalls, nach zwölf Jahren bei den Uniformierten konnte ich zur Kriminalpolizei hinüberwechseln und war dann im Zürcher Kreis 4, dem Kreis Cheib, sieben Jahre lang als Revierdetektiv tätig, vorwiegend im Rotlichtmilieu. Anfangs der neunziger Jahre bin ich schliesslich zur Sittenpolizei gekommen. Das war zu jener Zeit, als gerade die Drogenszene am Platzspitz und der Drogenstrich im Zürcher Seefeldquartier aktuell war.

Wegen dem Drogenstrich war ich mit meinem Kollegen, dem Karl Gruber, viele Nächte im Seefeldquartier unterwegs. Ja, ja, der Gruber-Kari lebt schon lange nicht mehr. Viel zu früh an einem bösartigen Gehirntumour gestorben ist der Kari. Bei ihm kann ich wirklich das Wort gebrauchen: ein Freund war er, und ein guter Kamerad. Blind vertrauen konnten wir einander.

Und dieser Drogenstrich mit all seinem Elend und den negativen Begleiterscheinungen. Wie Geier, ihre Beute erspähend, kurvten die Freier in ihren Autos dort herum, machten sich an die drogensüchtigen, jungen Frauen heran, umkreisten sie, um sie dann nach ausgiebiger Begutachtung als Sexmaterial in Beschlag zu nehmen. Die ganze Nacht über herrschte dort ein reger Autoverkehr. Die Seefeldstrasse ging's runter, die Dufourstrasse wieder rauf. Das ständige Quietschen von Autobremsen, aufheulende Motoren, permanentes Hupen, das Schlagen von Autotüren, Herumgejohle von Betrunkenen, Geschrei, Fluchen, Streit, brutale Prügeleien.

Von einer Nachtruhe konnte über Jahre hinweg im Seefelder Wohnquartier keine Rede sein. Als wirkungsvollstes Polizeiinstrument gegen den Freierverkehr erwies sich kurioserweise nicht das Strafrecht, sondern das Strassenverkehrsgesetz. Wir von der Sitte haben uns damals diskret postiert und von allen vorbeifahrenden Autos die Kontrollschildnummern aufgeschrieben. Und wenn das gleiche Auto vier bis fünf Mal an uns vorbeifuhr, dann ging eine Anzeige an das Stadtrichteramt der Stadt Zürich wegen unnötigen Herumfahrens in einem Wohnquartier. Bussen bis zu achthundert Franken wurden den Freiern dann aufgebrummt.

Ja, wirklich, ganz üble Sachen geschahen zu jener Zeit im Seefelder Wohnquartier. Ich weiss noch genau, es war ein Freitag und eine der wärmsten Nächte in jenem Sommer, als der Lenker eines violetten Mercedes Benz 230 S mit Obwaldner Kontrollschilder wie ein gestörter Idiot ständig an uns vorbeikurvte, schliesslich keine zwanzig Meter von uns entfernt kurz anhielt, eine Drogenprostituierte einsteigen liess und wieder davonfuhr. Als der Kari das sah, erwachte sofort sein Polizisten-Jagdinstinkt. Er gab Gas, rief: »Diesen Sauhund krallen wir uns!«, und nahm die Verfolgung auf. Nach etwa zwei Minuten bog der Mercedes von der Bellerivestrasse nach rechts auf den grossen Parkplatz beim Zürichhorn ein. Dort stellte der Lenker den Motor ab und löschte die Scheinwerfer.

Auch wir stellten unser Fahrzeug ab, stiegen aus. Vor uns das in der Dunkelheit wie verlassen wirkende Auto. Wir näherten uns vorsichtig dem Mercedes. Die Autoscheiben waren bereits milchig beschlagen, ein Blick ins Fahrzeuginnere war nicht möglich. Mit der Faust klopften wir an die Fahrertür. »Aufmachen! Sittenpolizei! Kontrolle!« Keine Reaktion. Vorsichtig öffnete ich die Fahrertür, und wir schauten ins Wageninnere. Die beiden Vordersitze waren heruntergeklappt. Die junge Frau lag rücklings mit heruntergezogenen Hosen auf dem Beifahrersitz, während sich ein etwa hundert Kilogramm schwerer Mittfünfziger über sie hermachte. Mit seinen fetten, schweissigen Fingern machte der Mann gerade an der Scheide der jungen Frau herum.

Um dem Treiben schnell ein Ende zu setzen, kontrollierten wir die Personalien des Mannes. Wortreich waren auch seine Ausreden. Von einem wichtigen Geschäftstermin in der Stadt und einer zufällig am Strassenrand aufgelesenen Autostopperin erzählte er. Man habe schliesslich ein gutes Herz, nicht wahr? »Sie wissen schon, Herr Polizist, he he.« Es war immer das Gleiche, was für einen blöden Scheiss diese Freier uns als Ausreden erzählten. Einen solchen Stuss gab dieser Herr aus Obwalden von sich, dass ich saumässig ranzig wurde und ihm dabei so richtig übers Maul gefahren bin. Nein, richtig angebrüllt habe ich diesen Kerl: »Ach, halten Sie doch endlich Ihre dumme Klappe. Mein Name ist Schwarz, von der Sittenpolizei, und Sie sind hiermit verzeigt! Gehen Sie mir aus den Augen!«, und, mit dem Finger stadtauswärts zeigend: »Dort geht's nach Obwalden zurück. Obwalden einfach. Haben Sie verstanden, Sie blödes, dummes Arschloch?«

Derart verjagt hat es mich, dass mir das mit dem blöden, dummen Arschloch halt einfach herausgerutscht ist. Richtiggehend zum Teufel gejagt haben der Kari und ich diesen Kerl.

Als der Obwaldner weg war, stand noch immer die junge drogensüchtige Frau da. Keine zwanzig Jahre alt war sie und von erschreckender Magerkeit. Nur noch aus Haut und Knochen bestand dieses arme Geschöpf. Ihre Haare waren ein Gewirr aus dunklen, ungewaschenen, verfilzten Locken. Ihre fiebrig glänzenden Augen starrten durch uns hindurch. Vom Drogenrausch völlig benebelt, wusste sie nicht, was um sie herum geschah. Für einen Augenblick standen der Kari und ich etwas verloren da, wussten nicht so recht, was wir mit der Frau machen sollten. Da stolperte sie schon schwankend drei, vier Schritte auf uns zu, knickte mit ihren dürren Beinen ein, sank zu Boden und blieb auf dem Asphalt liegen. Sofort lief ich zu ihr hin, beugte mich über sie und wollte ihr irgendwie hochhelfen, als ich an ihrem Unterarm eine grosse, übel aussehende eiterverkrustete Wunde bemerkte.

Für mich und den Kari war klar, dass diese Frau dringend medizinische Hilfe brauchte. Zackig habe ich über Funk die städtische Sanität aufgeboten. Nur sechs Minuten dauerte es, bis der Krankenwagen eintraf. Von einem der Sanitäter erfuhr ich, dass die Frau bereits klare Anzeichen einer Blutvergiftung aufwies. Sie wurde sofort in die Notfallstation des Universitätsspitals Zürich verbracht.

Was ist das für einer, der die Notlage von solchen Menschen derart ausnützt? Ein Schwein? Ein Mistkerl? Ein Stück Dreck? Ein alter, geiler Bock? Ein Charakterlump?

Je älter ich wurde und je länger ich bei der Polizei war, umso mehr Mühe bekam ich, mit solchen Situationen professionell umzugehen. Nur noch angewidert war ich, so etwas ständig von neuem miterleben zu müssen. Vieles frass sich als eine Art seelische Hypothek richtiggehend in mein Gehirn. Die Bilder bleiben, obwohl sie mit der Zeit etwas verblasst sind, jederzeit abrufbar und tauchen bei jeder passenden und unpassenden Gelegenheit wieder auf. Nur schon wenn ich in Zürich spazieren gehe, dort, wo ich als Polizist im Einsatz war, greift die Vergangenheit nach mir. Wohin ich auch gehe, überall stosse ich auf Erlebnisse aus meiner Polizistenzeit. Darunter schlimmste Sachen, die man nicht vergessen kann.

Schon ewig her ist das, doch immer wieder muss ich an diese drogensüchtige, junge Frau denken. Jede Einzelheit dieser Begegnung kommt mir dabei wieder hoch. Muss mir dann immer die gleichen Fragen stellen: Lebt diese Frau noch? Falls ja, wie mag es ihr heute gehen? Konnte sie von den Drogen loskommen? Hat sie noch die Kurve gekriegt? Ihr Leben lag damals doch noch vor ihr, so jung wie sie war. Bin der Frau nie mehr begegnet. Ist schon so lange her, doch vergessen konnte ich sie nie. Hätte ja meine Tochter sein können.

Dauernd solche erschütternden Erlebnisse, das hält man auch als Polizist nicht ewig unbeschadet durch. Gar nicht mehr ertragen konnte ich, wenn es um kleine Kinder ging. Sie wissen schon: ständig diese Pädophilengeschichten.

Glücklicherweise hatten wir bei uns in der Sittenpolizei noch den Feldweibel Franz Häfliger. Das war in der Sitte unser Spezialist beim Kampf gegen strafrechtlich relevante Pädophilie. Ein von Huttwil nach Zürich zugezogener waschechter Berner war das. Sein urchiger Berner Dialekt ist ihm auch hier nie abhanden gekommen. Ein kleiner und etwas rundlich geratener Mann, ein Energiebündel war das, ein richtig feiner Kerl und ein unbestechlicher, genialer Ermittler dazu. Viele Erfolge hat der Häfliger aufweisen können. Dutzende Pädophile sind dank ihm rechtsgültig verurteilt worden.

Er war im Auftrag der Bezirksanwaltschaft Zürich und der Bezirksanwaltschaft 1 für den Kanton Zürich tätig und wurde von zwei Staatsanwälten bei vertraulichen Spezialaufträgen eingesetzt. Er ermittelte gegen straffällig gewordene Pädophile und Mitglieder von internationalen Pädophilenringen. Dank seiner grossen Fachkompetenz wurde der Häfliger als Sachverständiger beigezogen, wenn es um die untersuchungsrichterliche Befragung von pädophilen Straftätern ging. Solche Pädophilen sind nicht nur europa-, sondern auch weltweit logistisch perfekt organisiert. Deswegen stand der Häfliger ja auch mit vielen ausländischen Polizeistellen in Kontakt. Nach Deutschland, Frankreich, Österreich, Italien, Belgien, Holland, Dänemark, Schweden, Finnland und England hatte er seinen Draht.

Einmal drückte er mir eine Broschüre in die Hand, die er von der belgischen Polizei bekommen hatte. Die bezeichnete er immer als Reiseführer für Pädophile. Zu Recht, oder wie soll man so was sonst nennen? Darin wurde genau beschrieben, wie interessierte Pädophile im Ausland, vor allem in Osteuropa und in Drittweltländern, mit möglichst wenig Risiko an Kinder herankamen. Die besten Reisewege standen darin und eine detaillierte Anleitung, wie mit den zumeist korrupten Behörden umzugehen war. Selbst die Höhe der Bestechungsgelder und die Namen von wegschauenden Beamten waren darin enthalten. Das ging bis zur »Entsorgung der Kindsware nach deren Gebrauch«. Richtige Insidertipps waren das, aus dem innersten Zirkel der Pädophilenringe. Wissen Sie, in Ländern mit instabilen Verhältnissen, dort wo bitterste Armut herrscht, da fällt es nicht gross auf, wenn irgendwo ein herumstreunendes Strassenkind einfach von der Bildfläche verschwindet.

Aufwendig und komplex waren die Ermittlungen, die der Häfliger geführt hatte. Zu Höchstzeiten hatte er gleichzeitig bis zu fünfzehn Telefonüberwachungen, TKs, angezapft, mitgehört, mitgeschnitten und schriftlich protokolliert. Auch Postverkehrkontrollen sind angewandt worden. Damals liefen die bei der Post zur Kontrolle herausgefilterten Postsendungen über unseren Wissenschaftlichen Dienst, der sie zu öffnen und wieder zu verschliessen hatte. In der Regel musste der polizeiliche Sachbearbeiter solche Überwachungen bei der Bezirksanwaltschaft beantragen und wenn der zuständige Bezirksanwalt zustimmte, musste dann noch das definitive Okay beim Zürcher Obergericht eingeholt werden.

Alles lief immer gut. Bis dann die Sache mit dem Gerichtspräsidenten geschah, die dem Häfliger zum Verhängnis wurde. Zum Glück war ich da bereits pensioniert. Ich danke Gott, dass ich das nicht mehr als aktiver Polizist miterleben musste, was für eine Sauerei sie damals mit dem Feldweibel Franz Häfliger gemacht hatten.

Und ich sage Ihnen, die Regionalpolizei ist nicht mehr das, was sie früher einmal war.

Gute zwei Stunden lang hatte der ehemalige Polizist Roland Schwarz, ein grosser, magerer Mann mit schlohweissem Haar, dem Revierdetektiv Samuel Weiss angeregt aus früheren Zeiten erzählt. Draussen dunkelte es bereits ein. Alt und müde sah Schwarz jetzt aus. Auf seinem Stuhl sitzend, die Hände im Hosensack vergraben, den Blick gedankenverloren auf den Boden gerichtet, liess er einen Moment der Stille zu. Schwer ging sein Atem. Dann ein Seufzer. Erleichtert klang es. Behutsam erhob er sich, ein klein wenig hinkend, in gebeugter Haltung, schlurfte er zur Tür, um das Licht anzuknipsen, und zog den Vorhang vors Fenster.

Sein Zimmer im achten Stock des Pflegezentrums Mattenhof, im Zürcher Schwamendingen, sauber aufgeräumt, hatte nur wenige Möbel. Rechts vom Fenster ein Bett, eine von Hand gelismete Wolldecke mit Blumenmuster lag darüber. Über dem Bett hing ein grosses, schon leicht vergilbtes altes Familienfoto.

Darauf zu sehen war eine glückliche lachende vierköpfige Familie: Roland Schwarz als noch junger, dynamischer Familienvater, daneben seine Ehefrau Elisabeth, eine sommersprossige, bildhübsche blonde Frau mit sanften braunen Rehaugen, und die beiden Töchter Laura und Nara.

Dann gab es im Zimmer noch den Tisch, an dem sie sassen, mit einem halbvollen Wasserglas und ein paar angebrochenen Pillenschachteln darauf, drei Stühle, eine Kommode und ein Bücherregal. Erinnerungen wachrufende, abgenutzte, alte Möbelstücke.

24

Revierdetektiv Samuel Weiss Augen schweiften interessiert über die Buchrücken. Polizeiliche Fachliteratur, Kriminalromane, Geschichtsbücher, viele über den Ersten und Zweiten Weltkrieg, erinnerten ihn an seine eigenen Bücher.

Seit dem Tod seiner lieben Frau Elisabeth – gut sieben Jahre lag das schon zurück -, war es einsam und still um Robert Schwarz geworden. Schwer wog der Verlust seiner Frau. Ein schönes Leben hatten sie zusammen gehabt.

»Und jetzt? Diese Einsamkeit, Herr Weiss!« Roland Schwarz war nahe daran, in Tränen auszubrechen. Ja, die Einsamkeit war greifbar im Zimmer des Herrn Schwarz.

Samuel Weiss empfand in diesem Moment eine grosse Zuneigung für diesen Mann. Fühlte Mitleid mit ihm. Die Blicke der beiden Männer trafen sich. Weiss sah ihm fest in die Augen. Er erkannte, dass er diesen alten, erschöpften Mann nicht länger bedrängen durfte, spürte, dass es genug war.

Bei der Verabschiedung unter der Türe standen sie sich gegenüber. Der eine mit einem gebrechlichen, hageren Greisenkörper, vom Alter gebeugt, mit Runzeln und tiefen Falten im Gesicht, die Hautfarbe von einem ungesunden Gelb und traurigen, glanzlosen Augen. Nicht viel innere Lebenskraft war da noch vorhanden.

Der andere jung und vital, ein auffallend attraktiver, sehr schlanker, einen Meter fünfundsiebzig grosser Mann, mit nordländisch blondem Haar und tiefblaue Augen, um seinen Mund lag der Ausdruck von etwas Weichem, Feinfühligen. Fast wie ein Jugendlicher sah er aus.

Mit einem langen, festen Händedruck wurde Abschied genommen.

»Läbet Sie wohl. Hebet Sie sich Sorg und danke für alles, Herr Schwarz.«

»Adie wohl, Herr Weiss. Chömet mi bald wieder go bsue-che.«

Was Samuel Weiss ihm auch versprach. Über das Gesicht des Roland Schwarz huschte ein stilles, dankbares Lächeln.

Die erste Observation

Mai 1994. Samstagmorgen in aller Frühe, die Zeiger der Kirchenuhr standen auf fünf Uhr dreissig. Hinter dem Zürichberg kroch langsam die nach dem Winter wieder erstarkte Frühlingssonne hervor. Der Tag begann mit einem blauen, wolkenlosen Himmel, und im Südosten erstrahlte über dem Zürichsee die mit Schnee bedeckte weisse Bergkette des Glärnisch.

Oben auf dem Zürichberg, an der noblen Adresse Zürichbergrain 2, stand etwas abseits auf einer Anhöhe eine Villa inmitten eines schönen Gartens. Wirklich ein wunderbar gepflegter Garten, der von einem kunstvoll geschmiedeten Eisenzaun umgeben war. Beim Hauseingang, rechts neben dem römisch gemauerten Türrahmen, der Klingelkopf und daneben ein in die Wand eingelassenes marmornes Namensschild: Dr. Erich von Känel. Gerichtspräsident des Zivilgerichts des Kantons Zürich, eine stadtbekannte, angesehene Persönlichkeit.

Die Eingangstüre öffnete sich und unter dem Türbogen erschien der Hausherr. Einen Rollkoffer hinter sich herziehend verliess Dr. von Känel seine Villa. Draussen auf dem Trottoir warf er nochmals einen Blick zurück. Dabei schenkte er dem adrett gekleideten jungen Mann, der ihm von jetzt an folgte, keine Beachtung. Der unauffällige junge Mann hiess Rolf Kunz und war ein verdeckter Fahnder der Regionalpolizei Zürich. Der Grund für seine Observation war: Gegen den

Gerichtspräsidenten liefen Ermittlungen wegen des Verdachts auf strafrechtlich relevante Pädophilie.

Nichts ahnend ging der Gerichtspräsident seines Weges. Die Ottikonerstrasse hinunter bis zur Weinbergstrasse an die nächste VBZ-Tramhaltestelle. Von dort mit dem Tram der Linie 7 über das Central direkt zum Zürcher Hauptbahnhof, wo er ausstieg. Routiniert, schon fast lässig cool folgte der Fahnder Kunz seiner Zielperson. Weiter führte der Weg mit der Rolltreppe ins Shopville hinab, dieses wurde durchquert, und erneut ging es mit der Rolltreppe hinauf, dann durch die grosse Vorhalle unter dem wuchtig-bunten Schutzengel der Künstlerin Niki de St. Phalle hindurch zum Billetschalter.

Die hinter der Trennscheibe sitzende Schalterbeamtin, eine herzlich angenehme Erscheinung, erkannte den Gerichtspräsidenten sofort wieder. »Ja, guten Tag, Herr Doktor, freut mich Sie wiederzusehen. Geht's wie immer mit der ersten Klasse im TGV-Schnellzug von Zürich über Basel nach Paris?« – »Ganz richtig erraten, werte Frau«, liess der Gerichtspräsident für einmal seinen Charme spielen. Die Schalterbeamtin gab ein herzhaftes Lachen von sich und warf dabei mit einer theatralischen Geste einen sehnsüchtigen Blick zur Decke hinauf und rief: »Oh, Paris! Beau village! Vive l'amour! Am liebsten würde ich mit Ihnen nach Paris fahren und dort ein schönes Wochenende geniessen. Das wäre doch was, nicht wahr, Herr Doktor?« Etwas irritiert ab diesen Worten murmelte der Gerichtspräsident vor sich hin: »Ja, ja, sowieso.« Der Fahrschein wurde bezahlt und im Portemonnaie versorgt und mit einem höflichen Knicks verabschiedete sich der Gerichtspräsident von der Schalterbeamtin. Etwa zehn Minuten später, Gleis 14, sass er im Erstklasseabteil des TGV-Schnellzugs nach Paris. Zwei Sitzreihen dahinter hatte auch Fahnder Kunz Platz genommen.

Pünktlich um 7.34 Uhr rollte der Zug aus der Bahnhofshalle und nahm bald rasant an Fahrt auf. Noch einen kurzen Kontrollblick vor zum Gerichtspräsidenten und der Fahnder war beruhigt. Alles bestens. Sein Zielobjekt hatte es sich in einem Fauteuil bequem gemacht, las in einem Buch und warf ab und zu einen Blick zum Zugfenster hinaus. Bei dieser Feststellung lächelte Fahnder Kunz vor sich hin. Da lag sein Chef, Adjutant Bruno Meienberg, wieder einmal vollkommen richtig, als er bei der Auftragserteilung zu ihm gesagt hatte: »Kunz, das ist vorläufig keine allzu schwere Sache. Das kannst du alleine machen. Der Gerichtspräsident ist schon ein älterer Mann, und was ich so von ihm gehört habe, versinkt er oft in seiner Gedankenwelt, achtet dabei nicht mehr gross auf seine Umgebung. Uns geht es einfach darum, zu erfahren, ob der Gerichtspräsident am nächsten Samstagmorgen tatsächlich mit dem TGV nach Paris reist. So wie er das in einem abgehörten Telefongespräch angekündigt hatte.«

Draussen zogen dunkle Wolken auf, ein Wetterumsturz kündigte sich an. Bald begann es zu regnen, feine Nebelschwaden verschleierten die Landschaft. Saftig grüne Wiesen, Kornfelder, Bäume, Häuser glitten vorüber, dazwischen Hügel und Berge. Das stetig dumpfe Klack-Klack des TGV-Schnellzuges und das stark geheizte Zugabteil machten den Fahnder Kunz schläfrig. Gedanken schwirrten ihm durch den Kopf. Verdeckter Fahnder, tönt ja schon cool. Viele wissen halt nicht, dass dieser Job zwischendurch auch eine ganz stumpfsinnige Angelegenheit sein kann. Stundenlang herumfahren, herumstehen und herumsitzen und trotzdem ständig auf der Lauer, hellhörig, wachsam sein, um jederzeit situationsbezogen richtig reagieren zu können. Eine ambivalente Sache. Ja, das wäre nichts für einen, der nur vor sich hin träumt. Dazu braucht es schon einiges mehr. Zu allem hinzu spürte Kunz jetzt noch seine zwei harten Nachteinsätze zu Beginn der Woche und er musste laut gähnen. Müde warf er einen Blick auf seine Armbanduhr. Oh wie schön, schon so spät! In einer guten Viertelstunde wird der Zug in Basel einfahren.

Kurz vor Basel hörte der Regen auf und ein strahlend blauer Himmel zeigte sich von seiner prächtigsten Seite. Das hellte die Stimmung des Fahnders Kunz wieder auf, und er war froh, dass er die Observation noch vor der Grenze zu Frankreich beenden konnte.

Paris, das Ziel

Pünktlich hielt der TGV-Schnellzug unter der grossen Glaskuppel des Pariser Bahnhofes Gare de Lyon. Die Uhr über der Anzeigetafel zeigte mittags halb eins. Dr. Erich von Känel blieb noch einige Minuten im Erstklass-Abteil sitzen. Dann erhob er sich, griff nach seinem Rollkoffer, ging die paar Schritte bis zur Türe am Ende des Abteils und fügte sich in den Strom der Leute ein, die dem Zug entstiegen und dem Ausgang zueilten.

In kurzen schnellen Schritten begab er sich vor dem Bahnhof zur Place Louise. Dort stieg er in ein Taxi, nahm auf dem Rücksitz Platz. Sein Ziel, das kleine Zwei-Sterne-Hotel Le Grand Canal an der Rue Daguerre 78, lag eine gute Stunde vom Bahnhof entfernt.

Das Taxi fuhr los. Am 4 Boulevard du Palais ging's vorbei, am Justizpalast, dem Nervenzentrum der französischen Justiz, wo die Cour de Cassation, das höchste Gericht Frankreichs, untergebracht war.

Auf den Strassen heulten die Motoren der Autos auf, Motorräder und Mopeds knatterten vorbei. Lebhaft ging es da zu und her.

Sonnig und angenehm warm war es an diesem ersten Frühlingstag. Die Sonne stand hoch über Paris, belebte die Stadt. Überall die noch hockende Kälte des Winters spürend, zog es die Menschen scharenweise für einen Spaziergang nach draussen. Sie flanierten fröhlich und entspannt durch die Strassen, und so manch glückliche Stimme, manch heiterer Wortfetzen,

Lachen war zu hören. Einfach nur so dahinschlendern, an nichts denken, ein befreiendes Gefühl.

Auf den Boulevards flatterten helle, leichte Damenröcke festlich im Wind. Viele Kinder bereits in bunten Sommerkleidern. Konnten dabei in diesem Jahr zum ersten Mal wieder so richtig die Wärme geniessen, die Haut bräunen lassen.

Auf der Quai Maurer der Seine, deren Wasser hellblau-silbrig glitzerte, sonnten sich die Eidechsen, küssten sich Liebespaare, sassen Sonnenhungrige.

Schwalben kreisten in der Luft, flogen über die Häuser mit ihren Schornsteinen und schieferbedeckten Dächern hinweg.

Was für ein schöner Frühlingstag!

Ja, die Sonne meinte es gut, schoss sogar einen Lichtstrahl durchs Wagenfenster ins Taxiabteil, traf den Gerichtspräsidenten mitten ins Gesicht. Doch für Unbeschwertheiten hatte dieser keine Zeit. Mürrisch warf er einen Blick nach vorne zum Taxichauffeur.

»Allez-y, allez-y, Monsieur! «

Innerlich angespannt und erregt wie ein Bluthund, der einer Fährte folgt, sass er auf dem Rücksitz, hoffend, baldmöglichst das Ziel zu erreichen. Ein ungeheuerliches Verlangen brannte in seinem Gehirn. Wie eine Ewigkeit kam ihm diese Fahrt vor. Schweiss trat ihm auf die Stirn. Er band seine Krawatte ab, öffnete die obersten Knöpfe seines Hemdes und liess das Wagenfenster herunter. Der Fahrtwind wehte in sein Gesicht. Die Kühlung tat ihm gut, besänftigte ein wenig seine Ungeduld.

Nicht allzu lange dauerte die Fahrt noch, und als das Taxi endlich vor dem Hotel Le Grand Canal anhielt, wurde von Känel bereits von einem Araber erwartet, der ihm ein Handzeichen gab. Seine magere, hochgewachsene Gestalt war in eine mönchsähnliche Kutte aus abgetragenem, braunem Stoff gehüllt. Das knochige Gesicht, halb verborgen hinter einem grauen Kopftuch, liess wenig Freundlichkeit erkennen.

Ohne auch nur ein Wort auszutauschen, verschwanden die zwei so unterschiedlichen Gestalten durch den Lieferanteingang im Hotel.

Kein Mensch, der an dem in die Jahre gekommenen, alten Hotel vorbeiging, das schon von aussen einen trostlosen Anblick bot, würde erahnen, dass sich darunter eine Art Bordell für pädophile Kundschaft verbarg.

Eine Welt, in der einflussreiche, mit Macht ausgestattete bessere Herren aus Politik und Wirtschaft und höchste Staatsbeamte, Omertà-gleich in verschwiegenen Seilschaften eingebunden, ungehindert ihren perversen Neigungen nachgehen konnten.

Dazu führte im Lebensmittellager des Hotels ein äusserst raffiniert versteckter, aus rohen Steinen gemauerter Geheimgang über eine Treppe ins Erdreich hinab zu einem Raum. Dieser Raum, schätzungsweise acht auf fünfeinhalb Meter gross, war eigentlich ein Schlafzimmer und recht komfortabel ausgestattet. In der Mitte stand ein grosses Bett, dessen Matratze mit einem zartrosafarbenen, abwaschbaren Latex-Überzug geschützt war.

Von der Decke hing an einem schwarzen Stromkabel eine Lampe mit einem violetten Stoffschirm. Ausserdem gab es noch drei Stühle, ein orangefarbenes Ledersofa, zwei Nachttische, eine Spiegelkommode, einen weiss lackierten Kleiderschrank, einen modernen, teuren Kaffeeautomaten und einen Kühlschrank mit Getränken. Ja, selbst eine Toilette, ein Duschraum und eine Klimaanlage fehlten nicht.

Als Dr. Erich von Känel den ihm wohlvertrauten unterirdischen Raum betrat, war seine Bestellung bereits anwesend.

Unerfahrenes Frischfleisch, wie ihm zuvor versichert worden war. Ein Migrantenkind aus Bangladesch namens Amar. Ein hübscher Knabe, acht Jahre alt, hellbraune Haut, schwarz gelocktes Haar, mit sanft leuchtenden, grossen dunkelbraunen Augen und fein geschnittenen, edel wirkenden Gesichtszügen.

Barfuss stand das Kind neben dem Bett, nur bekleidet mit einer blauen kurzen Turnhose und einem grauschwarz gestreiften Pullover, der ihm mindestens zwei Nummern zu gross war. Dr. Erich von Känel begehrlicher Blick glitt über den jungen, zarten Knabenkörper. So ungeschützt, so ausgeliefert stand der Knabe vor ihm da.

Von Känel entledigte sich seiner Kleidung. Ein unangenehmer Altmännergeruch ging von ihm aus. Er fasste das Kind am Arm und zog es mit sich aufs Bett. Die Haut des Knaben fühlte sich ganz weich an.

Auf dem Bett fing das Kind an zu zittern. Es hatte alles erwartet, nur das nicht. Es konnte nicht fortlaufen, nicht schreien, sich nicht wehren, nicht seine kleine Hand gegen diesen fremden Mann erheben. Blickte nur flehend zu ihm auf.

Machtlos, wie gelähmt, musste dieses Kind den Missbrauch über sich ergehen lassen. Dieser fremde Mann machte etwas an seinem Körper, dass seine Kinderseele nicht einordnen konnte.

Das Kind presste seine Augen zu, hielt sie fest geschlossen. Hoffte, solange es nichts sah, könne so etwas auch nicht geschehen. Scheiterte jedoch kläglich an der Gier des fremden alten Mannes, an seinem Schweissgeruch, seinem Gekeuche, seinem Stöhnen. Das versuchte Küssen und diese widerwärtigen, aufdringlichen Zärtlichkeiten.

Das Denken des Kindes setzte aus. Die Gedanken rissen ab. Unter Schock klinkte es sich geistig aus. Lag nur noch ganz steif da.

Ein tiefer, spitzer Schmerz durchfuhr Amar, als der fremde Mann von hinten in ihn eindrang. Er bekam fast keine Luft mehr, als er den schweren Körper des Mannes, der sich auf ihn legte, zu spüren bekam. Amar verzerrte das Gesicht, musste nach Luft schnappen. Alles begann sich zu drehen. Alles verschwand in einem dichten grauen Nebel. Dann wurde ihm schwarz vor Augen. Ein nie mehr wiedergutzumachender Kindsmissbrauch. Ein traumatisches Erlebnis, das sich tief, unauslöschlich in die Seele des Kindes einbrannte.

Nachdem Dr. Erich von Känel sein Treiben beendet, sich an diesem Kind vollends befriedigt hatte, zog er hastig seine Kleider an, knöpfte Hose, Hemd und Jacke zu.

Ein auf dem Bett liegendes, sich vor Schmerzen krümmendes wimmerndes kleines Menschenbündel zurücklassend, verliess er durch den geheimen Gang den Raum, dann das Hotel.

Draussen an der frischen Luft lehnte er sich erschöpft an die Hauswand. Fühlte plötzlich diese schwere Müdigkeit in den Knochen.

In der Ferne grollte es, wie ein herannahendes Gewitter. Ein kühler Wind war inzwischen aufgekommen, schwere dunkle Wolken schoben sich vor die Sonne. Die ersten Regentropfen klatschten auf den Asphalt. Ein Blitz durchzuckte den Himmel, dann ein gewaltiges Krachen. Es begann, heftiger zu regnen, und man hörte das Trommeln und Prasseln auf den Dächern. Glänzend nass wurden die Strassen. Vom Turm einer Kirche schlug es sechs Uhr.

Von Känel stand immer noch, vor der Nässe geschützt, unter dem vorstehenden breiten Hoteldach. Unschlüssig, die Schultern gegen die Kälte hochgezogen. Und da fiel ihm ein, dass er lange nichts mehr gegessen hatte. Spürte, wie sein Magen knurrte. Richtig flau wurde ihm. Er schloss für einen Moment die Augen und atmete tief durch. Seine Gedanken kreisten jetzt nur noch um die Frage, welches in der Nähe befindliche Restaurant dafür in Frage kam. Ja, nur um die richtige Auswahl des Restaurants ging es ihm noch.

Andy Grob, 44 Jahre, ehemaliger verdeckter Fahnder der Fahndungsgruppe Puma

Die Sittenpolizei hatte immer wieder mit Fällen zu tun, bei denen Pädophile in Städte wie Marseille oder Paris reisten, um dort sexuelle Handlungen mit Kindern zu begehen. Noch gut erinnere ich mich, dass damals die französische Polizei nach jedem Zugriff stets sofort auf die Auswertung der sichergestellten gerichtsmedizinischen Spuren bestanden hatte. Die Jungs vom Labor machten wirklich zackig und schnell gute Arbeit. Dies vielfach mit Erfolg.

Es war dem reinen Zufall zuzuschreiben, dass der Gerichtspräsident Dr. Erich von Känel bei uns in Zürich ins Visier geriet. Im Zusammenhang mit diesen Frankreichreisen wurde unter anderem gegen einen bekannten Zürcher Galeristen ermittelt, dessen Telefon abgehört wurde. Die Auswertung der mitgeschnittenen Telefonate ergab, dass auch der Gerichtspräsident Dr. Erich von Känel mehrmals mit diesem Galeristen telefoniert hatte. Ganz offen sprachen die beiden über ihre Reisen nach Paris und das Gesagte liess keine Zweifel offen, dass sie sich dort mit Knaben trafen, die ihnen von mafiösen Kreisen zugeführt würden. Aufgrund dieses Anfangsverdachts begannen die Ermittlungen gegen den Dr. Erich von Känel.

Ein Raunen ging durch den Rapportsaal, als wir im April 1994 durch unseren Chef, Adjutant Bruno Meienberg von der Fahndungsgruppe Puma, erstmals von der Sache mit dem Gerichtspräsidenten erfuhren. Ein langgezogenes Wow durchlief die Reihen. »Was, ein richtiger Richter? Und erst noch dazu ein Gerichtspräsident? Mannomann, wenn das nur gut geht. Wenn das in die Zeitung kommt, dann ist die Scheisse am Kochen, der Skandal perfekt.« Dabei wurde ein vom Chef persönlich geknipstes Foto herumgereicht, auf dem Dr. Erich von Känel zu sehen war. Das Foto war in der Vorhalle des Zürcher Zivilgerichts aufgenommen worden und zeigte einen unauffälligen, etwas steif, ja hölzern wirkenden älteren Mann in blauem Regenmantel mit schütterem, braunem Haar.

Der Gerichtspräsident wurde dann von unserer Puma-Gruppe über mehrere Wochen hinweg observiert. Daraufhin wurde eine grössere, länderübergreifende Observationsaktion mit der französichen Polizei, der Police Judiciaire de Paris, vorbereitet. Der Plan lautete: Wenn der Gerichtspräsident wieder nach Paris reiste, dann sollte ihn unsere Puma-Fahndung beschatten. In Basel würde das Team ausgewechselt, damit die Zielperson keinen Verdacht schöpfte. In Paris angekommen, sollte die Observation dann den dort bereits den Schnellzug erwartenden französischen Polizeifahndern übergeben werden. Sobald sich der Gerichtspräsident in eine mutmasslich strafrechtlich relevante Situation begeben würde, sollte der Zugriff erfolgen.

Die ganze Aktion wurde jedoch für uns alle völlig überraschend gestoppt und abgeblasen. Der Staatsanwalt Ueli Zwahlen, der mit dem Gerichtspräsidenten von Känel befreundet war, hatte irgendwie davon erfahren und heftig interveniert. Da war ja die Sache mit dem Telefongespräch. Per Zufall hielt ich mich damals gerade im Büro des Adjutanten Meienberg auf, als der Staatsanwalt Ueli Zwahlen anrief. Kein freundlicher

Anruf war das. Richtig durch den Telefonhörer gebellt hat er: »Was erlaubt sich denn bei euch dieser Häfliger, so ein kleiner Polizist, gegen einen Gerichtspräsidenten zu ermitteln? So eine Unverschämtheit!!«, schnauzte er meinen Chef an. »Sofort aufhören damit! Das Ganze abrechen. Habt ihr verstanden? Wenn nicht, garantiere ich Ihnen, dass das für Sie und die gesamte Regionalpolizei schwerste Konsequenzen nach sich ziehen wird. Das können Sie mir glauben. Wer ist eigentlich Ihr direkter Vorgesetzter? Wem unterstehen Sie? Aha, dem Major Fritz Stocker!« Das wirkte, jedenfalls hatte sich mein Chef nach diesem Telefongespräch sichtlich unwohl gefühlt.

Kurze Zeit später galt der Fall als abgeschlossen. Alle Akten mitsamt unseren Observationsberichten verschwanden spurlos. Weit über die Sittenpolizei hinaus wusste man damals, dass der Fall von Känel von oben unter den Tisch gekehrt und vertuscht wurde.

Sie fragen, wie man sich dann im Polizeikorps verhalten hat? Zuerst hat man laut Zeter und Mordio geschrien, dagegen protestiert, doch schnell erkannt, dass dagegen nichts zu machen war. Die Lage normalisierte sich wieder, und Ruhe kehrte ein. Einen stillen Opportunismus praktizierend hat man sich damit abgefunden. Nur vereinzelt sind damals noch hinter vorgehaltener Hand einige kritische Bemerkungen gefallen.

Schlimm dabei war, dass der Häfliger, unser Fachmann für Pädophilie, von den eigenen Dienstkollegen in der Sitte im Stich gelassen wurde. Er war der Einzige dort, der sich aktiv gegen die Vertuschung zur Wehr setzte. Mit seinen Protesten rannte er die Türen der Vorgesetzten ein und gab keine Ruhe. Von da an überhäuften sie ihn mit zusätzlichen Aufgaben, liessen ihn immer häufiger Nachtpatrouillen machen, sodass seine eigentliche Arbeit liegen blieb.

Bald darauf wandten sich auch seine Kollegen von ihm ab, gingen spürbar auf Distanz, sprachen, wann immer es ging, kein Wort mehr mit ihm, einige grüssten nicht einmal mehr. Ein solches Arbeitsklima hält auch der stärkste Charakter auf Dauer nicht aus. Immer der Ausgeschlossene sein. Ein paar Wochen später erlitt der Feldweibel Häfliger einen Nervenzusammenbruch und musste in eine psychiatrische Klinik eingewiesen werden. Machtlos habe ich damals diese Entwicklung mitverfolgen müssen. Ich war ja noch ein ganz junger Polizist, völlig überfordert mit dieser Situation, unfähig etwas zu tun. Die Sache wurde vertuscht. Das ist eine Tatsache! Macht bricht Recht. Warum nur, lässt man so etwas zu? Mein Gott, was kann man da machen?

Auf keiner Polizeischule lernt man, wie man sich in einem solchen Fall verhalten soll. Was macht man, wenn man sieht, dass die Vorgesetzten sich dermassen unkorrekt verhalten? Was kann man dagegen unternehmen? Und wird man nicht mitschuldig, wenn man gar nichts macht und nur zuschaut? Wie lernt man zwischen dem Machbaren und dem Unabänderlichen zu unterscheiden. Man darf das Menschenbild im öffentlichen Dienst ja auch nicht zu sehr idealisieren und viele moralische Fragen lassen sich nicht so einfach beantworten.

Können Sie mir darauf eine eindeutige, klare Antwort geben? Ich kann es jedenfalls nicht. Tut mir leid. Ich weiss es schlicht und einfach nicht.

Ein schrecklicher Fund

Paris. Es war kurz nach acht. Ein frischer Wind zerteilte die Wolkendecke vor der Sonne. Einzelne grelle Lichtbündel brachen hindurch. Langsam verwandelte sich deren Helligkeit in ein strahlendes Blau. Ein schöner Sommertag kündigte sich an. Doch der Tag stand unter keinem guten Stern. Straßen Wärter André Favre, der gerade am Ufer des Flusses Bièvre eine gusseiserne Weglaterne reparierte, sah einen Körper den Fluss hinabtreiben.

Neugierig geworden, unterbrach er die Arbeit, watete dann beherzt ins seichte Wasser, und es gelang ihm, einen nur mit Unterhose bekleideten, leblosen Knaben ans Ufer zu ziehen. Favre hob den kleinen Körper aus dem Wasser, trug ihn an Land, wo er ihn oberhalb der grasbewachsenen Uferböschung auf dem Gehweg niederlegte. Als er sah, dass hier jede Hilfe zu spät kam, wich er erschrocken zurück, bekreuzigte sich. »Jesses Gott! Heilige Maria, musste das wirklich sein?«

Tot war der Knabe, daran gab es keine Zweifel. Durch den Tod, das Wasser, die Zeit, hatte eine bereits eingetretene leichte Verwesung Spuren hinterlassen. Die Lippen blau. Die leeren, glasigen Augen waren halb offen. Das schwarz gelockte, nasse Haar klebte am Kopf. Ausser die zwei rötlichen Schürfwunden rund um die Handgelenke waren jedoch keine Verletzungen sichtbar.

Viele Fussgänger waren um diese Uhrzeit schon auf dem Uferweg unterwegs. Die meisten befanden sich auf dem Weg zur

Arbeit. Keine zwei Minuten dauerte es, bis Favre und die Leiche von Gaffern umringt waren. Und immer mehr drängten nach. Bald waren sie von zwei Gafferschichten umsäumt, darunter sogar Eltern mit ihren Kindern an der Hand. Dicht gedrängt standen sie. Einige tuschelten miteinander, andere glotzten einfach nur die Leiche von oben bis unten an und schüttelten den Kopf. Einfach blöd herum standen sie, halfen nichts, taten nichts.

Favre konnte ein solches Verhalten überhaupt nicht verstehen. Als dann noch ein Jugendlicher mit seiner Kamera ungeniert zu knipsen anfing, spürte Favre, wie eine richtige Wut in ihm aufstieg. Am liebsten hätte er den Rotzlümmel gepackt und mitsamt seinem Fotoapparat zu Boden geschleudert. »Elendiges, verfluchtes, verdammtes Gafferpack! Fahrt zur Hölle!« Während sein Blick noch immer ungläubig über die Gesichter der Gaffer flog, benachrichtigte er mit seinem Natel die Polizei.

Am Ende der Telefonleitung wurde sofort Alarm geschlagen. Jetzt kam Bewegung in die Sache, und man liess das Pikett für »Aussergewöhnliche Todesfälle« ausrücken. Keine fünfzehn Minuten später herrschte dort am Bièvre-Ufer ein reger Hochbetrieb. Weit herum sah man die pulsierenden Blaulichter der Polizeifahrzeuge, die kreuz und quer auf der angrenzenden Wiese herumstanden. Spannung lag in der Luft. Die polizeiliche Ermittlungsarbeit − »der erste Angriff« − war in vollem Gange. Rund um die Kinderleiche war ein Sichtschutz aufgestellt worden. Gendarmen hatten die Gaffer bereits beiseite gedrängt. Die Uferpartie der Bièvre war grossräumig abgesperrt worden. Hinter der Polizei Abschrankung standen genügend Gendarmen, die darauf achteten, dass nicht alle fünf Minuten irgendein unbelehrbarer Depp trotzdem dort herumtrampelte. Man hatte die Situation im Griff.

Als einer der Ersten traf Commissaire Claude Rey ein. Ein erfahrener Mann Mitte fünfzig, 1 Meter 72 gross, korpulent, mit käseweissem, rundem Gesicht und militärischem Kurzhaarschnitt, der kettenrauchte und sich jeden Morgen fast die Lunge aus dem Leib hustete.

Hinter der Sichtschutzwand flammte das Blitzlicht einer Kamera auf. Die Kriminaltechniker, in weissen Gummianzügen, hatten mit der Spurensicherung begonnen. Aus verschiedenen Blickwinkeln hielten sie den toten Knaben mit der Kamera fest. Im unnatürlich grellen Lichtblitz sah der tote Knabe für einen Moment wie eine bleiche Wachsfigur aus. Dann wurde es still, als sei die Zeit stehen geblieben. Nur irgendwo in der Nähe des Flusses fing ein einsamer Vogel an zu zwitschern.

Die Gesichter der im Einsatz stehenden Gendarmen wirkten noch ernster als sonst. Vor ihnen lag ein totes Kind. Den berüchtigten Polizei-Humor hatten sie heute zu Hause gelassen. Kein schlüpfriger, flotter Spruch, mit dem man sonst die eigene drückende Beklommenheit wegwischen wollte, war zu hören. Das Gesicht des toten Kindes hatte sich bereits fest in ihre Köpfe eingebrannt. Man wusste, diese Erinnerung würde einen nie mehr loslassen. Ein Ballast mehr auf der Seele, den sie mit durchs Leben schleppen mussten. Plötzlich durchbrach ein lauter Ruf die Stille.

»Bon jour, mes amis! Mein herzliches Beileid!«

Die vor dem Absperrgitter stehenden Gendarmen schauten überrascht auf.

»Was!? Was zum Teufel …?«

Vor ihnen stand in lässiger Pose der Gerichtsmediziner Dr. Jean Blanc, ein hochgewachsener, sehnig-schlanker, asketisch wirkender Mann mit magerem, zerfurchtem Gesicht, die dichten, glänzenden, schwarzen Haare pomadisiert. Obwohl es Sommer war, trug er einen bis über die Knie reichenden Mantel aus kirschrotem Leder, der bis an den Hals zugeknöpft war; in der rechten Hand hielt er eine schwarzlederne Arzttasche. Man liess ihn mit einem Kopfnicken passieren. Bei der Polizei kannte man ihn seit vielen Jahren. Ein komischer Kauz, dieser Gerichtsarzt, berufsbedingt wohl ein wenig eigen. Ja, vielleicht auch ein bisschen schnippisch, arrogant. Berühmt-berüchtigt war seine Vorliebe für deftige Sprüche. Gnädig liess man ihm seine Marotten durchgehen, weil er sonst immer gewissenhaft, zuverlässig, ehrgeizig und konzentriert an die Arbeit ging.

Kaum hatte er die Polizeiabsperrung passiert, fischte Dr. Blanc in eleganter Manier mit zwei Fingern ein Paar Gummihandschuhe aus seiner Arzttasche, streifte sie über und verschwand mit weit ausholenden Schritten über das noch taufeuchte Gras hinter den Sichtschutz.

Commissaire Claude Rey liess derweil seinen Blick über das andere Ufer des Flusses schweifen. Dort standen auf einer sattgrünen Wiese einige gepflegte, nette, kleine Häuschen mit holzgeschindelten Dächern, dazwischen vereinzelte Bäume, die von niedrigem Gestrüpp umwachsen waren. Dort drüben ging das Leben seinen gewohnten Gang. Vor einem Häuschen stand eine spindeldürre alte Frau in schwarzem Kleid und hängte Wäsche auf. Daneben ein Mädchen, vielleicht fünf Jahre alt, dunkelblonder Zopf, mit einer Puppe im Arm. Das Wasser der Bièvre floss ruhig dahin. Ein paar Wildenten flogen am Flussufer entlang. Rey schaute interessiert zu, wie sie nach einer eleganten Kurve flatternd auf dem Wasser landeten. So stand er da, gönnte sich den Luxus einiger Sekunden Ruhe, um die angetroffene Situation zu überdenken. Dann trat er mit gezücktem Notizheft zu dem etwas ratlos herumstehenden Strassenwärter André Favre und zeigte seinen Dienstausweis.

»Sie haben die Leiche aus dem Fluss gezogen und die Polizei gerufen?«

Favre nickte. »Ja, genau so war es, Monsieur Commissaire.«

»Wo war das genau?«

»Da vorn.«

»Um welche Zeit war das?«

»Vielleicht vor einer halben Stunde.«

»Waren noch andere Leute anwesend?« Rey schaute den Mann fragend an.

Favre schien einen langen Moment nachzudenken, schüttelte dann nur stumm den Kopf. Ein wortkarger Mensch, dieser Favre. Rey beugte sich über sein Notizbuch, machte sich noch ein paar Notizen, hielt die Personalien des Mannes fest und liess es gut sein.

»Monsieur Favre«, sagte er, »Sie haben uns sehr geholfen. Vielen Dank für Ihren Einsatz. Ja, wirklich, gut haben Sie das gemacht.«

Dabei nickte Rey anerkennend mit dem Kopf.

»Ausgezeichnete Arbeit, auch dass Sie die Polizei alarmiert haben.« Dann entliess Commissaire Rey den sichtbar erleichterten Strassenwärter mit einem kräftigen Händedruck. Zwar nicht sehr ergiebig die Befragung, doch immerhin ein Anfang.

Auf der anderen Seite der Polizei Abschrankung war plötzlich ein helles, metallisches Geräusch zu hören; dort war gerade mit lautem Geschepper ein Kamerastativ zu Boden geknallt. Einige Journalisten und die beiden Fernsehteams von France24 und TV5Monde waren dort in Position gegangen und versuchten nun, möglichst spektakuläre Bilder einzufangen. Das

Buschtelefon zur Presse hatte wieder einmal funktioniert. Unvermeidlich war das.

Der Vorhang des Sichtschutzes schob sich zur Seite, und die steife, hagere Gestalt des Gerichtsmediziners Dr. Blanc erschien.

»C'est fini, mes amis!« Die Leichenschau war beendet.

Heiss war es inzwischen geworden. Unbarmherzig brannte die Sonne herunter. Abseits der Bäume, die links und rechts den Wegrand säumten, war man der Sonne schutzlos ausgeliefert. Eine schwüle Hitze lag schwer in der Luft. Dr. Blanc stiess leise einen Fluch aus. »Merde!«

Dabei musste er mehrmals tief Luft holen; dann nahm er ein Taschentuch hervor und wischte sich den Schweiss vom Gesicht.

»Diesen Mantel hätte es heute wirklich nicht gebraucht.« Eilig zog er seinen Mantel aus, packte ihn unter den Arm.

Trotz hochsommerlicher Kleidung und nach oben geschobenen Hemdsärmeln spürte auch Rey, wie ihm der Schweiss unter seinem Hemd nur so den Rücken hinunterlief.

»Doktor Blanc! Schon was herausgefunden? Einen ungefähren Todeszeitpunkt? Todesursache? Irgendein Unfall, oder was?« Ein neugieriger Blick von Rey traf den Gerichtsarzt, doch der zuckte nur mit seinen knochigen Schultern.

»Der Todeszeitpunkt?« Dr. Blanc runzelte die Stirne. »Hmmm, einige Tage dürfte das schon her sein. Die Todesursache ist unklar. Vielleicht war der Knabe schon tot, bevor er ins Wasser kam. Aber alles ohne Gewähr.«

Dr. Blanc lächelte vor sich hin, ironisch kam das rüber.

»Man kann ja fast an allem sterben, nicht wahr, verehrter Monsieur le Commissaire?« Dr. Blanc hielt kurz inne, schlug nach einer Fliege, die ihm um den Kopf schwirrte, und sagte dann: »Typisch Polizei! Am liebsten wollen die alles sofort präsentiert bekommen. Geduld, Commissaire Rey! Haben Sie doch Geduld! Solche Fragen lassen sich nur auf dem Seziertisch und im Labor beantworten. Warten wir das Obduktionsergebnis ab.«

Dabei schaute Dr. Blanc den Commissaire erneut grinsend an.

Rey verzog das Gesicht. Dieser Gerichtsarzt mit seinem arroganten Getue ging ihm gewaltig auf den Sack. Doch dem Frieden zuliebe schluckte Rey seine Wut hinunter und sagte nichts.

»Am besten, wir lassen die Leiche gleich in die Gerichtsmedizin transportieren. Die Hitze tut ihr gar nicht gut.«

Ein kurzer Wink des Gerichtsarztes genügte und die zwei Leichenbestatter, die sich bisher diskret im Hintergrund gehalten hatten, traten hinzu. Gemeinsam hoben sie die Leiche in einen Zinksarg. So behutsam geschah das, als könne man dem Knaben noch unnötig wehtun. Dann machten sie sich mit dem Sarg auf den Weg zur Strasse, dorthin, wo der Leichenwagen wartete.

Rey wollte noch etwas sagen. Aber es war schon zu spät. Dr. Blanc winkte verärgert ab.

»Keine Zeit! Ich bin spät dran!«

Dabei blickte der Gerichtsarzt vorwurfsvoll auf seine Uhr.

»In der Rue de la Sorbonne 8 wartet schon die nächste Leiche auf mich! Messerstecherei mit tödlichem Ausgang. Ich muss los! Au revoir, mes amis!«

Ohne eine Antwort abzuwarten, drehte sich Dr. Blanc auf dem Absatz um und verschwand hinter der Polizei Abschrankung, bevor noch etwas gesagt werden konnte. Fürs Erste war die Arbeit hier getan.

Kurz darauf setzte sich Rey in seinen alten, roten Citroen 2CV. Eine kurze Zigarettenpause noch, dann schnippte er die Kippe durch das offene Wagenfenster auf die Wiese und startete den Motor. Mit einem kratzenden Geräusch legte er den Gang ein und fuhr auf direktem Weg zu seinem Arbeitsplatz in der 36 Rue des Mirillons, dem Hauptsitz der Préfecture de Police. Ein grosser, alter, für die Ewigkeit gebauter braun-weisser Backsteinbau mit vergitterten Fenstern, vor dessen Eingang die blau-weiss-rote Fahne der Französischen Republik wehte.

Neben dem üblichen Papierkram stand jetzt die vordringlichste Aufgabe an: die Identität des toten Kindes zu ermitteln. In der Fachgruppe Leib und Leben, im ersten Stock, wurde Rey bei der Durchsicht der aktuellen Vermissten-Rapporte schon bei der fünften Akte fündig. Das nannte man Glück! Ja, genau! Die Personenbeschreibung, das Foto, passten perfekt. Der erste Volltreffer! Rey musste sich zusammenreissen, um bei diesem schnellen Erfolg nicht euphorisch zu werden. Mit an Sicherheit grenzender Wahrscheinlichkeit hatte er soeben die Identität des toten Knaben herausgefunden! Es handelte sich um den acht Jahre alten Amar Khalil aus Bangladesch, derzeit wohnhaft: F-93200 Saint-Denis, 182 Rue des Courses.

Natürlich kannte Commissaire Rey den Pariser Stadtteil Saint-Denis. Dieser lag am östlichen Stadtrand, nur etwa zwanzig Autominuten von der Touristenmetropole Champs-Elysées entfernt. Ein brandheisses Pflaster! Banlieue-Quartier, gar keine Frage. Triste, heruntergekommene Wohnblocksiedlungen, höchster Ausländeranteil der Stadt, hohe Kriminalitätsrate, blühender Drogenhandel. Hinzu kam eine Arbeitslosigkeit, die viermal so hoch war wie in den anderen Pariser Stadtteilen. Tagsüber hingen die arbeitslosen Jugendlichen, ohne jegliche Zukunftsperspektive, lustlos, unmotiviert auf der Strasse und in den Gassen herum.

Wer in einem solchen Milieu aufwuchs, hatte kaum eine Chance. Hier wurde man entweder ein Kleinkrimineller oder Sozialhilfeempfänger. Oder beides. Polizei und Justiz waren hoffnungslos überfordert. Das wusste Rey. Ein Fass ohne Boden war das.

In Saint-Denis also hatte Amar Khalil gelebt. Als zweitjüngstes Kind einer achtköpfigen Familie. Im Vermisstenrapport wurde er als ein in sich verschlossener, stiller Charakter beschrieben. Amar Khalil hatte zu Hause nie darüber gesprochen, was er in der Freizeit so alles trieb. Jedenfalls fand sich dazu kein Hinweis in der Akte. Nur, dass Amar vor vier Tagen nach der Schule nicht nach Hause gekommen war. Als er zum Abendessen immer noch nicht erschienen war, wussten die Eltern, dass etwas passiert sein musste. Denn so lange war der Junge nie fortgeblieben. Am selben Tag noch, kurz vor Mitternacht, hatte der Vater seinen Sohn bei der Polizei als vermisst gemeldet.

Ganz schön hart war das Leben der Familie Khalil. Amars Vater, Arif Khalil, war ohne gelernten Beruf, brachte seine Familie mehr schlecht als recht mit Gelegenheitsjobs über die Runden. Mutter Saida trug als Putzhilfe noch etwas zum Familieneinkommen bei. Doch das war jetzt alles nebensächlich, denn Amar war tot. Commissaire Rey spürte mit einem Mal eine grosse Traurigkeit in sich. Gerade mal acht Jahre war Amar Khalil geworden. Warum musste so ein junger Mensch sterben? Ein Junge wie jeder andere Achtjährige. Ein Junge, der noch zur Schule ging, seinen Träumen nachging, der bald Mädchen mochte, zu einem Mann heranwuchs. Und jetzt das …

In der Nacht war das Wetter umgeschlagen. Die kühle Morgenluft tat Rey gut. Es würde kein leichter Gang werden heute, das wusste der Commissaire, als er sich mit Amars Vater vor dem

Eingang des Gerichtsmedizinischen Institutes traf. Rey hatte nicht viel geschlafen in der Nacht. Man sah ihm an, dass er sich in dieser Situation nicht wohl fühlte. Eine Todesnachricht überbringen, anschliessend mit Angehörigen die Leiche identifizieren, war für Rey das Schlimmste von allem. Das war eine Seite seines Berufes, die er hasste. Dieses Unausweichliche. Diese so schrecklich brutale, abrupte Endgültigkeit. Ein auf Hochglanz polierter schwarzer Leichenwagen, der direkt vor dem Eingang in der Sonne glänzte, trug auch nicht gerade zu einer besseren Stimmung bei.

Arif Khalil war ein 48 Jahre alter, kleiner Mann. Er trug einen abgetragenen, ausgewaschenen, verblichenen hellgrauen Anzug, darunter ein zerknittertes weisses Hemd. Sein Gesicht war blass. Graue Bartstoppeln bedeckten Kinn und Wangen. Müde und erschöpft sah er aus. Tiefe dunkle Ringe hatten sich unter den schmerzerfüllten Augen eingegraben. Ein verzweifelter Mann.

Rey versuchte die vom Vater ausgehende Traurigkeit mit einem freundlichen Blick einfach wegzulächeln. Eine hilflose Geste, doch irgendwas – Herrgott! Verflucht noch mal! – musste man ja tun.

Wie sollte man auch einem Vater begegnen, dessen Sohn gerade gestorben war? Rey hätte in dem Moment einiges darum gegeben, die Gedanken dieses Menschen lesen zu können. Doch im Gesicht des Vaters war keinerlei Regung zu erkennen. Dieser Mann war da und doch nicht da, geistig abwesend, in einer anderen Welt. Fast sah es aus, als ob er bete, vielleicht tat er das auch.

Schliesslich war es die von Rey angebotene Zigarette, die das Eis brach. Der Vater streckte die Hand aus und nahm die Zigarette an. Schweigend standen sie einander gegenüber und rauchten. Zum ersten Mal trafen sich ihre Blicke. Rey war froh um diesen Moment. Was brauchte es da noch grosse Worte?

Es dauerte noch eine weitere Zigarette. Man nahm noch ein paar tiefe Züge. Nikotinschwaden stiegen auf. Der blaugraue Dunst vernebelte beinahe die Gesichter der Männer. Dann wurden die Zigaretten ausgedrückt. Ein kaum merkliches Kopfnicken, und man betrat gemeinsam durch die automatisch sich öffnende grosse gläserne Flügeltüre das Gerichtsmedizinische Institut.

Der Portier im Empfangsraum erkannte Commissaire Rey gleich wieder. Er nahm Haltung an, streckte sein Kreuz zackig durch, ja beinahe salutierte er dabei.

»Bon jour, Monsieur le Commissaire«, begrüsste der Portier Rey respektvoll und winkte beide durch. Rey schenkte ihm ein freundliches Lächeln und erwiderte den Gruss. Danach ging man schweigend nebeneinander durch die Gänge. Fensterlose, kahle, mit einem gelblichen Schimmer im Neonlicht ausgeleuchtete Gänge. Vorbei ging es an zwei Rollbahren, die an der Wand geparkt waren. Schritte auf Beton. Es roch nach Spital und Desinfektionsmittel.

Vor der Türe zum Abdankungsraum griff sich der Vater plötzlich an die Brust, fing an zu wanken, taumelte gegen die Tür und stiess einen lauten, gequälten Schrei aus.

Ein Schrei war das, wie ihn nur ein Mensch in grösster seelischer Not von sich geben konnte. Rey zögerte einen Moment, dann machte er das Einzige, was ihm in den Sinn kam: Er nahm den Vater in seine Arme. Eine kurze, stumme Geste, dann ergriff er tröstend dessen Hand.

Die Türe liess sich ganz leicht und geräuschlos öffnen. Hand in Hand betraten sie den Abdankungsraum, so leise wie möglich und mit ganz vorsichtigen Schritten. Seitlich traten sie an die aufgebahrte Leiche heran. Es gab keinerlei Zweifel! Es war eindeutig! Der Vater erkannte seinen Sohn Amar sofort wieder. Jetzt konnte er nicht mehr schreien, weinte nur noch stumm vor sich hin. Dabei streichelte er zärtlich den Kopf des toten Sohnes. Immer wieder fuhren seine Finger durch das gelockte schwarze Haar. Hier auf dem hellgrauen Marmortisch sah der tote Knabe anders aus als draussen am Fluss. Amars Körper war unterhalb der Brust mit einem weissen Baumwolltuch zugedeckt. Friedlich sah er aus, als würde er schlafen.

Das Gerichtsmedizinische Institut hatte in der Leichensache Amar Khalil zügig gearbeitet. Bereits zweiundsiebzig Stunden später traf der Obduktionsbericht bei der Polizei ein. Commissaire Rey nahm sich sofort Zeit dafür. Er setzte sich an den Schreibtisch, trank einen Schluck heissen Kaffee, stellte die Tasse auf den Tisch, zündete sich eine Zigarette an, nahm ein paar tiefe Züge, blinzelte den Rauch weg und schlug die Akte auf. Vollkommen konzentriert wurde sein Blick, als er Seite um Seite durchzulesen begann, bemüht, möglichst viel von diesem medizinischen Kauderwelsch, all diesen Fachbegriffen zu verstehen, ohne dass es ein Arzt ihm erklären musste.

Soviel war klar.

Die rechtsmedizinische Untersuchung hatte ergeben, dass der Tod vor drei, höchstens vier Tage eingetreten war. Mit Sicherheit war Amar Khalil nicht ertrunken, es wurde kein Wasser in seinen Lungen festgestellt. Und dass die Leiche höchstens ein bis zwei Stunden im Wasser gelegen hatte.

Die Todesursache war allerdings höchst erstaunlich: Atemstillstand, herbeigeführt durch eine Überdosis an Schmerz- und Beruhigungsmitteln. Je länger er in der Akte las, desto schwerer fiel es Rey, ruhig sitzen zu bleiben. Am rechten Unterarm des Knaben konnten drei Einstichstellen ausgemacht werden. Todesspritzen? Schoss es Rey durch den Kopf. Unsachgemäss und grob waren die intravenösen Injektionen ausgeführt worden. Die Verletzungen an den Handgelenken waren durch dünne Schnüre verursacht worden, mit denen er gefesselt worden war. In der Analgegend wurden Hämatome und schwere Verletzungen mit inneren Blutungen festgestellt. Diese Verletzungen waren zwar nicht lebensbedrohlich, doch der Knabe hätte, wäre er noch am Leben, wahrscheinlich bleibende gesundheitliche Schäden davongetragen.

Obwohl Amar mehr als eine Stunde im Wasser gelegen hatte, konnte an Unterhose und im Analbereich kleinste Teile von Fremdblut und Sperma gesichert werden. Das gerichtsmedizinische Gutachten kam eindeutig zu dem Schluss, dass hier ein sexueller Missbrauch vorlag.

Rey fingerte eine weitere Zigarette aus der Packung, zündete sie an. Er nahm einen tiefen Zug und liess den Rauch durch die Nase ausströmen. Also doch! Ein Tötungsdelikt, davon musste man nun wohl ausgehen. Im selben Moment musste er an den Fall Kalinka denken. Ein pädophiler Arzt, ein Kardiologe, hatte einem vierzehnjährigen Mädchen eine tödliche Dosis eines Beruhigungsmittels gespritzt, um es vergewaltigen zu können. Vielleicht war die zu hohe Dosis ein »Unfall« gewesen? Jahre später hatte eine Schlagzeile für Aufregung gesorgt, weil der gleiche Arzt, längst wieder in Freiheit, erneut ein Mädchen geschändet hatte. Eine schreckliche Geschichte. Stand in allen Zeitungen. Damals war dieser Fall eine Zeit lang das Hauptgesprächsthema in der Sittenpolizei.

Könnte im Fall Amar Khalil Ähnliches passiert sein?

Bei Zigarette Nummer acht war Rey am Schluss des Obduktionsberichtes angelangt, er überflog noch die beigefügten

Obduktionsfotos, all diese schrecklichen Bilder von den sezierten Leichenteilen. Selbst für einen altgedienten Commissaire wie Claude Rey waren solche Fotos kaum zu ertragen.

Der Gerichtsarzt Dr. Jean Blanc hatte gute Arbeit geleistet, ohne Zweifel! Gleichwohl legte Rey mit einem höchst unzufriedenen Gesichtsausdruck den Obduktionsbericht beiseite.

Eine knappe Woche war es her, seit er den Fall von Anfang an an sich gerissen hatte. Seit jenem Tag beherrschte der Fall seine Gedanken, selbst in seinen Träumen blieb er nicht davon verschont. Trotzdem war man bei den Ermittlungen nicht viel weitergekommen.

Was war Amar Khalil zugestossen? Was wusste man über die Entführung, falls es überhaupt eine Entführung war? Hatte sich Amar den falschen Leuten anvertraut? Tathergang? Tatort? Fehlanzeige! Wo waren seine Kleider, die Schulsachen? An welcher Stelle des Bièvre-Flusses hatte man die Leiche ins Wasser gelassen? Keinerlei Hinweise!

Der Presseaufruf – ein Reinfall! Ausser den üblichen paar Wichtigtuern hatten sich bei der Polizei keine brauchbaren Zeugen gemeldet. Dabei stand die Geschichte über den aus dem Fluss geborgenen toten Knaben samt Bild in allen Zeitungen. Selbst der Bericht des Kriminaltechnischen Dienstes brachte einen zurzeit nicht weiter. Bei dem gesicherten Fremdblut und dem Sperma konnten keine DNA-Hits erzielt werden, wie das im internen Dienstgebrauch genannt wurde: Einen »Hit« gab es, wenn sich eine Übereinstimmung mit einer DNA aus der Datenbank ergab.

Der Knabe hatte in einem schwierigen sozialen Umfeld gelebt, das machte die Sache nicht einfacher. Ungenügend noch waren die Erkenntnisse, was das engere und weitere soziale Umfeld des Knaben betraf. Ein Nachputzen war hier angesagt. Vielleicht sprang da noch die eine oder andere Erkenntnis heraus. Man brauchte eine konkrete Spur. Niemand wusste, was mit Amar Khalil nach der Schule wirklich geschehen war.

Zeit war ein wichtiger Faktor. Rey spürte Ungeduld in sich aufsteigen. Die Zeit lief ihm davon. Dieses nicht Weiterkommen frass an seinen Nerven. Wie schon oft.

Das kannte man bei der Polizei, man kam nicht von der Stelle. Immer wieder diese rastlosen Gedanken, immer diese Fragen, auf die man keine Antwort fand. Das war die Arbeit eines Polizisten bei den Ermittlungen. Man konnte nicht anders. Überall suchte man Zusammenhänge, auch wenn noch nichts Greifbares vorhanden war. Dies im Bewusstsein, etwas in Gang zu setzen, ohne genau zu wissen, wohin es führen würde. Wie Puzzleteile die man zusammensetzen musste.

Als Polizist wusste Rey über die Pädophilen Szene Bescheid. Hatte er doch bis Ende der Achtziger zwölf Jahre lang bei der Brigade des Moeurs, der Sittenpolizei, seine Sporen abverdient.

Damals hatte das amerikanische FBI gerade ein Computerprogramm zur Gesichts- und Körper-Erkennung entwickelt. Mit diesem Programm gelang es der Polizei, die Täter zu identifizieren und zu überführen, die in Kindsmissbrauchs-Pornofilmen mitwirkten.

Während jener Zeit hatte Rey diverse SOKO-Einsätze gegen Pädophilen Ringe und gegen die kommerzielle sexuelle Ausbeutung von heranwachsenden Kindern geleitet. Im Straftatenbereich gegen die sexuelle Integrität von Kindern lag die Dunkelziffer besonders hoch.

Es kursierten viele Geschichten über die Pädophilen Szene. Von Päderasten sprach man, die bis in die höchsten Kreise hinein zu finden seien. Von hochgeheimen Pädophilen Ringen wurde berichtet, die sektenähnlich in einer Art Ritual mit unvorstellbarer Brutalität Kinder missbrauchten und sich dabei filmen liessen. Solche Filme erzielten auf dem Schwarzmarkt Höchstpreise.

Fürchterlich, sich auch nur annähernd vorzustellen, was in diesem Milieu abging. Doch Rey war lange genug in diesem Beruf, um zu wissen, dass es Leute gab, die Dinge taten, die man nicht verstehen konnte.

Bei den Kindern gab es zwei Kategorie von Opfern:

Die einen waren Kinder und Jugendliche, die Papiere, einen festen Wohnsitz, ein weitgehend intaktes soziales Umfeld, Familie hatten – die konnte man nicht einfach verschwinden lassen. Hier war man darauf bedacht, dass die körperlichen Spuren des Missbrauchs möglichst nicht zu sehen war.

Die anderen waren Kinder und Jugendliche ohne Papiere, ohne festen Wohnsitz, ohne richtige Familie, Obdachlose, lange auf der Gasse lebende Ausreisser, allein reisende minderjährige Flüchtlingskinder, die von internationalen Händlerringen aus dem Osten, aus Asien, aus Süditalien und aus Bürgerkriegsgebieten wie damals in Jugoslawien herantransportiert worden waren. Bei diesen Opfern musste man nicht darauf achten, keine Spuren zu hinterlassen. Sie waren nicht als vermisst gemeldet, nirgends registriert und somit Freiwild. Man konnte mit ihnen machen, was man wollte. Ein Teil davon würde sowieso nicht überleben.

Als er einmal einem Untersuchungsrichter von den Praktiken erzählte, hatte der ihn ausgelacht. »Uuh, Commissaire Rey!

Eine ziemlich detaillierte Beschreibung, die Sie da abliefern. Das sind schwere Anschuldigungen, die Sie da aussprechen. Mafiöse Strukturen! Ritualisierter Kindsmissbrauch! Als ob dabei Rituale eine Rolle spielen würden. Jetzt hören Sie aber auf! Ihre Fantasie geht mit ihnen durch.«

Dabei hatte der Untersuchungsrichter sein Gesicht verzogen, als habe er gerade in eine Zitrone gebissen. »Vielleicht mag das in Thailand und auf den Philippinen Alltag sein, aber doch nicht bei uns! Fakten, Beweise, Sicherheiten, Rey! Was können Sie mir da bieten ausser ein paar kümmerliche Informanten aus der Pädophilen Szene? Dazu noch von Informanten, die selber einen trüben Leumund aufweisen. Da ist immer Vorsicht geboten. Meinen Sie im Ernst, das sind Beweise? Ach so … Sie sind überzeugt, dass an den Informationen einiges Wahres dran ist? Hören Sie!« – so aufgebracht und laut hatte Rey den Untersuchungsrichter noch nie erlebt – »Man kann doch nicht aus einem kleinen Verdacht einen schlagenden Beweis für eine Straftat konstruieren? Mit einer derart dünnen Beweislage brauchen Sie mir nicht zu kommen, damit mache ich mich nur lächerlich. Ich versaue mir wegen so was doch nicht meine Karriere.«

Dann hatte der Untersuchungsrichter das Gespräch mit den Worten beendet:

»Die Polizei darf nicht einfach nur irgendwelche Behauptungen aufstellen, sondern muss diese auch beweisen können. Das erwarte ich von der Polizei. Auch von Ihnen, Monsieur Rey. Au revoir!«

Das sass. Wie ein Chlapf an den Grind. Richtig blamiert und nicht ernst genommen hatte sich Rey dabei gefühlt. Seit diesem Tag hielt der Commissaire nicht mehr viel von diesen juristischen Bürohockern. Diese bornierten Affen lebten in ihrer eigenen, elitären Welt, weit weg vom Schuss!

Eine ganz andere Welt war das. In solchen Momenten war der Polizeijob ein richtiger Scheiss. Ermüdend und frustrierend war das, ehrlich. Vielleicht hätte er dem Untersuchungsrichter gar nichts erzählen sollen. Vielleicht war das dumm.

Wie dem auch sei. Erneut kreisten seine Gedanken um den Fall Amar Khalil. Dahinter steckte doch sicher auch ein Pädophilen Ring, und vermutlich war dabei etwas ganz schrecklich aus dem Ruder gelaufen. Wahrscheinlich hatte man Amar beim Missbrauch in der Analgegend übel verletzt. Dann hatte jemand die Nerven verloren, und man versuchte, Amar mit der Verabreichung von Schmerz- und Beruhigungsmitteln ruhigzustellen. Mit einer für das Kind tödlichen Dosis. Der Tod von Amar Khalil wäre dann, nüchtern betrachtet, nichts weiter als ein »Betriebsunfall« gewesen.

Diesen Gedanken wurde er nicht los. Rey fand zwar auch, dass es viele weitere Möglichkeiten gab, doch diese Theorie hielt er für die wahrscheinlichste.

War das nicht gerade erst im Frühling gewesen, als aus der Schweiz die Regionalpolizei Zürich ein Rechtshilfeersuchen an die Police Judiciaire de Paris gerichtet hatte?

Es ging um einen Politiker oder Anwalt – oder war es ein Richter? Egal! Jedenfalls hatte die Zürcher Polizei und Justiz da ein richtig hohes Tier im Visier gehabt wegen Pädophilie. Etwas ganz Gewaltiges war da am Laufen. Alles war schon organisiert gewesen. Die französischen Fahnder standen einsatzbereit. Doch wenige Stunden bevor es losging, kam aus der Schweiz von der Zürcher Staatsanwaltschaft die strikte Anordnung:

»Halt! Die Ermittlungen sofort abbrechen und beenden!« Nicht einmal eine Begründung gab's dazu.

Commissaire Reys letzter Gedanke war fast trotzig, als heftige Kritik gegen den Rechtsstaat zu verstehen, wenn man so will. Einfach zurückgepfiffen hatte man die Polizei. Kaltgestellt wurden die Fahnder. Die ganze Vorarbeit war ruiniert! Vermasselt! Genau: Vermasselt! Das war das richtige Wort. Zuerst ein grosses Gestürm hinlegen und dann im letzten Moment kneifen, den Schwanz einziehen. Komisch, diese Schweizer, diese Leute von der Zürcher Staatsanwaltschaft.

Die neue Kommissarin

Angenehm und locker war die Stimmung im Büro des Major Fritz Stocker, als dieser im März 1995 die neue Polizeioffizierin Sonja Steinhauser bei sich empfing. Ihm gegenüber sass die Neue, eine 41 Jahre alte Frau, von hagerer Statur, mit kantigen Gesichtszügen und einer feministisch angehauchten, hellblonden Kurzhaarfrisur. Mit ihrer Hornbrille auf der Nase sah sie aus wie eine altjungferliche, zu streng geratene Primarlehrerin.

»Herzlich willkommen, Frau Steinhauser«, begann der Major mit seiner Begrüssung. »Es freut mich ausserordentlich, dass Sie als Bezirksanwältin den Schritt gewagt haben, zu uns, dem besten Polizeikorps in der Schweiz, sage ich immer, zu Recht, zu Recht, Frau Steinhauser, einzutreten.« Dabei gab der Major ein herzhaftes Lachen von sich und fuhr dann fort: »Nochmals, Frau Kommissarin, wirklich schön, dass Sie sich als Polizeioffizierin, im Range eines Oberleutnants dafür entschieden haben, die Führung des Kommissariats der Sittenpolizei zu übernehmen.« Und wieder schallte das Lachen des Majors durch den Büroraum. Dann überreichte er ihr einen Leitfaden und lehnte sich bequem in seinem Bürostuhl zurück.

»Dieses Einführungsprogramm für den Dienst bei der Regionalpolizei hat mein Adjutant Albert Hürlimann für Sie zusammengestellt. Bei all Ihren Antrittsbesuchen wird er Sie begleiten und Sie dabei, wo nötig, mit Rat und Tat unterstützen. Aber dann, Frau Kommissarin, dann gilt es Ernst. Dann sind Sie die

verantwortliche Chefin über die ganze Sittenpolizei einschliess-
lich des Jugenddienstes und die vor einem halben Jahr gegründete Fachgruppe Kinderschutz. Beim Wort Kinderschutz hielt
der Major kurz inne, schien für einen Moment in Gedanken
abzutauchen und murmelte dann etwas gar laut vor sich hin:
»Gut, ist der Feldweibel Häfliger nicht mehr da. Hat nur noch
gestört der Mann. Und in dieser Kinderschutzgruppe geistert
immer noch sein Name herum. Schwer enttäuscht hat mich
dieser Mann. Einfach keine Ruhe geben wollte er.«
    »Feldweibel Häfliger?« Ein fragender Blick traf den Major.
»Ach, nicht so wichtig, Frau Steinhauser, oder sagt Ihnen etwa
der Name Dr. Erich von Känel etwas?« –
    »Ah, Sie meinen den pädophilen Gerichtspräsiden …?«
Der neuen Polizeioffizierin gelang es gerade noch, den letzten
Wortteil zu verschlucken. »Oh, Entschuldigung, dass hätte ich
wohl besser nicht sagen sollen.« Die Frau wurde erst rot, dann
bleich. »Nur keine Verlegenheit, Frau Steinhauser. Haben Sie
Vertrauen zu mir. Hier können Sie absolut offen sprechen. Was
hier in meinem Büro gesagt wird, geht draussen niemanden
etwas an. Verstehen Sie, Frau Steinhauser? Wir sind ja unter
uns. Nur zu, Frau Steinhauser.« Dabei machte der Major eine
beschwichtigte Handbewegung, und Frau Steinhauser begann
zu erzählen.
    »Ja, sicher kenne ich die Geschichte mit dem pädophilen
Gerichtspräsidenten. Der in der Bezirksanwaltschaft für den
Fall zuständige Bezirksanwalt Bruno Meier hatte ja sein Büro
direkt neben mir. Sozusagen Büronachbarn waren wir, verstehen Sie. Die Ermittlungen verliefen normal, bis dann ganz
unerwartet der Staatsanwalt Ueli Zwahlen beim Bezirksanwalt Bruno Meier aufgetaucht ist.« Mit einem leicht ironischen
Unterton in ihrer Stimme fuhr sie fort: »Und, sagen wir mal,

höflich ausgedrückt, der Staatsanwalt hat die Ermittlungen gestoppt und den Fall für abgeschlossen erklärt. Aus diesem Grund war der Kollege, jetzt Ex-Kollege, Meier mehrere Male bei mir im Büro und hat sich bitterlich über den Staatsanwalt Ueli Zwahlen beklagt. Als Klagetante habe ich für den Meier herhalten müssen. So wars.«

Aufmerksam hörte der Major den Ausführungen der Frau zu und fragte sie schliesslich von Neugierde gepackt: »Eines interessiert mich noch, Frau Steinhauser. Wie haben Sie sich diesem Kollegen, ähm, wie hiess dieser Bezirksanwalt schon wieder, ach ja richtig, diesem Herrn Meier gegenüber verhalten?« – »Ich habe dem Ex-Kollegen nur immer gesagt, da könne man nichts machen.« Ab dieser Antwort sichtlich erleichtert, klatschte der Major in die Hände. »Bravo! Bravo, Frau Steinhauser! Sie haben die richtige Einstellung. Habe es ja gleich gewusst, dass Sie die Richtige für die Regionalpolizei sind.« Ein Moment der Stille trat ein, dann fuhr der Major in jovialem Ton fort: »Ich schlage vor, wir lassen diese unerfreuliche Geschichte endgültig ruhen. Lassen wir doch Vergangenes vergangen sein und schauen wir nach vorne, in die Zukunft.«

Der Major sah dabei etwas nervös auf seine Uhr, so als stünde ein nächster, dringender Termin an. »Ja gut, Frau Steinhauser, das wäre es dann wohl fürs Erste. Haben Sie noch Fragen?« – »Nein, alles klar, Herr Major.« –

»Sehen Sie, Frau Steinhauser, das höre ich gern. Dann ist ja alles in Ordnung. Vorwärts schauen und nicht zurück, sage ich immer. Wir sehen uns wieder am nächsten Mittwoch, pünktlich um neun Uhr morgens, hier im 1. Stock, im Rapportsaal beim nächsten Offiziersrapport. Bis dahin auf Wiedersehen.« Der Major zwinkerte ihr zu und sagte: »Ganz im Vertrauen, eines kann hier noch verraten werden. Am nächsten Mittwoch beim Offiziersrapport wird es für Sie extra noch einen Begrüs-sungsapéro geben.« Dabei erhob er sich von seinem Bürostuhl und streckte der Frau zum Abschied die Hand entgegen. Dann winkte er ihr zufrieden hinterher. Winkte selbst dann noch, als die Frau bereits aus seinem Blickfeld verschwunden war.

Peter Hoffmann, 63 Jahre, noch aktiver Kriminalpolizist

Ich war damals Sachbearbeiter in der Kripo-Fachgruppe Leib und Leben, als sich wie ein Lauffeuer die Nachricht im ganzen Kripo-Haus verbreitete: »Der Feldweibel Häfliger von der Sitte ist weg, psychischer Zusammenbruch!« Eine ganz tragische Sache war das mit dem Häfliger. Verschwunden von einem Tag auf den anderen, und er ist nie mehr zu uns zurückgekehrt. Und da war dann noch das ganz eigenartige Verhalten unserer Polizeiführung. Der Häfliger ist nach seinem Zusammenbruch richtiggehend abgeschottet und isoliert worden. Zuerst war es uns untersagt, und anschliessend hatte man uns mit Unwahrheiten von einem Besuch ferngehalten; immer hiess es nur: »Es wird nicht erwünscht, dass man mit dem Feldweibel Franz Häfliger in Kontakt tritt.« Man solle ihn in Ruhe lassen. Das würde bei ihm nur alte Wunden aufreissen.

Erst nach seinem Abgang erkannten alle, welch enorme Arbeitsleistung der Häfliger in der Sitte erbracht hatte und was für ein Vakuum er hinterliess. Das einzig Gute, das aus dieser leidvollen Geschichte hervorging, war, dass kurz darauf eine Fachgruppe Kinderschutz gegründet wurde. Man erkannte, dass einer allein dieses Fachgebiet nicht betreuen kann.

Diese zunächst provisorisch eingerichtete Kinderschutzgruppe wurde logistisch dem schon vorhandenen Jugenddienst der Sittenpolizei angegliedert, war jedoch eigenständig im Handeln. Die dazu benötigten Personalstellen wurden nicht offiziell ausgeschrieben; via Mundpropaganda fand sich ein vierköpfiges Team zusammen. Die erste Kinderschutzgruppe bestand aus zwei Frauen und zwei Männer. Dazu gehörten Roland Gerber, Ingrid Weber, Doris Legler und ich. Beim Aufbau dieser Fachgruppe gab man uns viel Freiheit, man liess uns machen, und es kam gut. Selbst unsere Leitung durften wir selber bestimmen: Die Wahl fiel damals einstimmig auf Doris Legler.

Die Kinderschutzgruppe war ein grosser Erfolg, und wir hatten ein optimal zusammengestelltes, gut harmonierendes Team mit einer hohen Fachkompetenz. Nebst der üblichen Bearbeitung von Anzeigen traten wir auch von uns aus in Kontakt mit den verschiedenen sozialen Hilfsorganisationen, insbesondere im Bereich des Familien-, Jugend- und Kinderschutzes. Eine besonders enge, gute Zusammenarbeit ergab sich mit dem Kinderspital Zürich. Von dieser Seite bekamen wir immer wieder gute Hinweise, wodurch viele Fälle von Missbrauch und Vernachlässigung aufgedeckt werden konnten.

Die Organisationsstruktur war perfekt und wir hatten auch ein tadellos funktionierendes Notfallpikett, ein Muss, damit wir jederzeit sofort einschreiten konnten. Und dank der guten Öffentlichkeitsarbeit – zum Beispiel durch Fachvorträge unserer Chefin – erlangten wir über die Korpsgrenze hinweg schweizweit einen guten Ruf, sodass aus dem Provisorium schliesslich eine feste Einrichtung wurde. Die Kinderschutzgruppe der ersten Stunde war eine wahre Erfolgsgeschichte.

Ein richtiger Traumjob war das für mich gewesen, die neu gegründete Kinderschutzgruppe mitaufzubauen zu können. Noch heute wäre ich beim Kinderschutz, wenn es nicht zu diesem verdammten, verfluchten Scheisstag gekommen wäre. Genau! Ein richtiger verfluchter Scheisstag war das für mich, als die Frau Sonja Steinhauser bei uns auftauchte, um als neue Polizeioffizierin die Sittenpolizei zu übernehmen. Noch heute friert es mich, wenn ich an sie, diese Kälte ausstrahlende Frau zurückdenken muss. Schon ihr Begrüssungsbesuch in unserer Kinderschutzgruppe war ein Erlebnis für sich. Eine ganz komische Stimmung herrschte da. Den Adjutanten Hürlimann im Schlepptau ist sie bei uns zur Tür hereingekommen, kein Handschlag, nicht einmal ein richtiger Gruss, einfach nichts.

Der Reihe nach hatten wir uns ihr vorgestellt. Stumm, desinteressiert hatte sie uns dabei zugehört und uns immer wieder der Reihe nach mit ihrem kühlen Blick gemustert. Richtig herablassend, als stünden wir auf der Seite des Bösen. Und immer wieder diese auf uns gerichteten kalten Augen. Fragend haben wir uns immer wieder angeschaut, kamen einfach nicht klar mit dieser Situation. Das Verhalten dieser Frau war uns ein Rätsel. Verhält die sich immer so? Und beim Abschied hat sie dann gesagt: »Unter meiner Leitung wäre die Kinderschutzgruppe nie in dieser personellen Zusammensetzung zustande gekommen.« Richtig in der Seele weh taten diese Worte. Sprachlos standen wir dieser Frau Oberleutnant gegenüber. Verstanden die Welt nicht mehr. Was sollte das eigentlich?

Oh ja, wirklich, eine besondere Chefin war diese Frau schon. Das können Sie mir glauben. Ein Segen für alle genehm geltenden Untergebenen, die es untertänigst gut mit ihr konnten. Ein Unglück für den Rest. Einige von uns Sittenpolizisten bekamen am eigenen Leib ihren knallharten Führungsstil, ihre Parteilichkeit und Willkür zu spüren. Vor allem hatte sie es auf unsere Chefin Doris Legler abgesehen. Vorbei war es mit der friedlichen Atmosphäre bei uns. Richtiggehend tyrannisiert hatte die Frau Steinhauser die Doris. Nichts mehr recht machen konnte sie ihr. Wegen jeder Kleinigkeit wurde die Doris kritisiert. »Wo ist das schriftliche Gesuch an die Bezirksanwalt-schaft? Noch nicht geschrieben? Was haben Sie den ganzen Morgen gemacht? Sie wollen eine Chefin sein? Was können Sie überhaupt?

So hat es immer getönt, wenn die Frau Steinhauser bei der Doris aufgetaucht ist. Ich sage Ihnen, das war Mobbing in Reinkultur. Ein ganz grausames Spiel hat sie mit ihr getrieben. Hintenrum sogar schlecht geredet hatte sie über die Doris. Wir alle spürten, dass es unserer Chefin von Tag zu Tag schlechter ging, immer bedrückter sah sie aus. Als ich dann auch noch sah, wie die Doris mit Tränen in den Augen aus dem Büro der Frau Steinhauser geschlichen kam, ahnte ich, dass es nicht mehr gut kommt.

Wie lange kann ein Mensch eine solche Situation aushalten? Ein paar Wochen? Ein paar Monate? Bei unserer Chefin hat es ein Dreivierteljahr gedauert, dann hatte sie keine Kraft mehr und hat ihren Chefposten bei der Kinderschutzgruppe auf-gegeben. Kein Tag war nach Bekanntwerden ihrer Demission vergangen und schon stand ihr Nachfolger fest: Eine schwache Führungsfigur ohne praktische Erfahrung auf diesem Gebiet war das, aber der Frau Steinhauser halt untertänig genehm.

An Effizienz hat es der Frau Oberleutnant jedenfalls nicht gefehlt, denn bald darauf wurde auch mein Kollege der Roland Gerber zu ihr ins Büro zitiert. Mit den Füssen auf dem Büro-tisch hatte sie den Roland empfangen und ihm dabei eröffnet: »Ab Ende des Monats hat es für Sie keinen Platz mehr in der Kinderschutzgruppe. Was Sie danach machen, interessiert mich nicht.« Ja, ja für psychologische Feinheiten war die Frau Steinhauser schon nicht geschaffen, sackgrob mit den Leuten umgehen, das konnte sie. Als es dann bei der Dritten im Bunde, der Ingrid Weber, so weit war, da war auch für mich der Zeitpunkt gekommen, die Reissleine zu ziehen, und ich habe mein Versetzungsgesuch eingereicht. Eine solche Demütigung wollte ich mir ersparen.

Glücklicherweise fanden wir alle problemlos in anderen Kripo-Fachgruppen einen neuen Arbeitsplatz. Ein richtiges personelles Massaker hatte die Frau Steinhauser in unserer Kinderschutzgruppe angerichtet. Warum sie das gemacht hat und mit welchen Motiven? Ich konnte mir dieses Verhalten nur so erklären, dass Major Stocker eine Strafaktion gegen uns angeordnet hatte.

Vermutlich lag es daran, dass wir damals, an unserem ersten Arbeitstag in der neu gegründeten Kinderschutzgruppe, etwas gemacht hatten, das ihm nicht in den Kram passte. Man hatte uns damals das verwaiste Büro von Franz Häfliger als neue Wirkstätte zugewiesen. Und dort machten wir erst einmal mit den noch vorhandenen Akten eine Auslegeordnung, um zu sehen, was er für Fälle hinterlassen hatte und welche noch pendent sind. Plötzlich wurde die Bürotür aufgerissen, und Major Stocker trampte zusammen mit dem Sittenpolizisten Bruno Pfister grusslos in unser Büro herein. Wortlos begannen die zwei die auf dem Büropult ausgelegten Dokumente zu durchwühlen.

Es war grundsätzlich nie ein gutes Zeichen, wenn man den Major Stocker persönlich zu Gesicht bekam. Was aber hatte dieser Major mit diesem Lakeien Pfister in unserem Büro zu suchen? Richtig ärgerlich wurde ich. Zunächst protestierte ich gegen das Verhalten, und als das nichts nützte, wurde ich lauter: »Nein! Das geht nicht! So, nicht! Das können Sie nicht machen. Lassen Sie die Akten liegen, die können Sie uns nicht einfach wegnehmen!« Doch davon liess sich der Major Stocker nicht abhalten. Er machte zusammen mit dem Pfister einfach weiter, so als habe er meinen Protest überhaupt nicht gehört.

Wir waren einfach nur Luft für ihn. Eine richtige Wut ist dann in mir hochgestiegen, bis der Major und ich uns schliesslich gegenseitig mit hochroten Köpfen angeschrieen haben.

Am liebsten hätte ich diesem Affengesicht meine Faust in seinen Ranzen gepfeffert. (Lacht) Ja, dann wäre ich wohl heute nicht mehr bei der Polizei. Und überhaupt, auch dieser hinter dem Rücken des Majors sich versteckende Sittenpolizisten Bruno Pfister. Dieser Arsch von einem Speichellecker mit seiner von einem Basler Dialekt durchmischten eunuchenhaften Piepsstimme. »Machee Sie. Folgee Sie, was de Herr Major sait. Sie Duubel!«, plapperte der Pfister hinter dem Rücken des Majors hervor.

Trotz lautstarkem Protest der ganzen Kinderschutzgruppe warfen uns die beiden Herren aus dem Büro und schlossen sich ein. Hilflos standen wir draussen. Eine gute halbe Stunde dauerte es, bis sie mit ihrer Aktendurchsicht fertig waren. Mit zwei Ordnern voll Polizeirapporten, verschiedensten Schriftstücken und weiss sonst noch was unter dem Arm machten sie sich dann wie Einbrecher nach getaner Arbeit fluchtartig aus dem Staub.

Besonders lautstark hatten wir wenig später auch ausgerufen und gegen oben hin protestiert, als wir feststellten, dass bei der Bezirksanwaltschaft ein ganzer Stapel von Pädophilen-Fällen bis in die Verjährung hinein unerledigt geblieben ist. Was hatte sich der verantwortliche Bezirksanwalt dabei gedacht? Warum liess er die Fälle liegen?

Meiner Meinung nach war das der Grund für das bei uns angerichtete Personalmassaker. Ein Exempel an uns statuiert hatte der Major Stocker, um aufzuzeigen, dass kein Widerstand geduldet wird. Ja, da war Rache im Spiel, wegen unserem Verhalten. Da bin ich mir sicher. Eine andere Erklärung dazu gibt es nicht.

Sicher werden Sie mich jetzt verstehen, dass es ein wahrer Freudentag für uns gewesen war, als es zwei Jahre später hiess: »Frau Oberleutnant Sonja Steinhauser wird die Regionalpolizei verlassen, um eine neue Herausforderung in der Politik anzunehmen.« Nach ihrem Abgang haben wir im Kripogebäude für alle Steinhauser-Geschädigten einen Apéro organisiert, an dem wir gemeinsam mit einem Glas Rotwein und Gebäck ihren Abgang gefeiert hatten. Ein richtiges Fest war das für uns.

Auch wenn ich heute schon längst nicht mehr der Kinderschutzgruppe angehöre, fühle ich mich ihr immer noch geistig stark verbunden. Aufmerksam habe ich deren Weiterentwicklung immer mit grossem Interesse verfolgt. Inzwischen verfügt die Fachgruppe über dreimal mehr Personal als zu ihrer Gründungszeit. Hat einen eigenen Videobefragungsraum und Spezialisten für den gesetzlichen Opferschutz.

Eine neue, wohl die grösste Herausforderung im Kinderschutz stellt für die Polizei die digitale Welt dar. Der Ermittlungstechnik, vor allem der elektronischen Beweismittelsicherung, kommt ein immer höherer Stellenwert zu. Sicher, den Polizisten, den Ermittler wird es immer geben. Es braucht jedoch eine engere Zusammenarbeit mit Spezialisten in der Informatik und im Bereich der Cyberkriminalität. Hier wird die Polizei mit ihren begrenzten Ressourcen, so befürchte ich, ständig dem technischen Fortschritt hinterherlaufen.

Trotz manchmal in mir aufkommender Wehmut habe ich an der Kinderschutzgruppe grosse Freude. Diese steht heute wieder unter einer guten Führung und wird von einem starken Team getragen. Da steigt in mir schon ein stolzes Gefühl auf, wenn ich sehe, wie gut die Kinderschutzgruppe sich nach dem Abgang der Steinhauser weiterentwickelt hat.

Heinrich Berchtold, 78 Jahre, pensionierter Polizist

Ich war gern Uniformpolizist. Ein Wechsel zur Kriminalpolizei? Das hatte mich nie gereizt. Die Uniformpolizei, das war mein Leben. Korrekterweise müsste man Sicherheitspolizei sagen, aber wer eine Uniform trägt, ist für mich einfach ein Uniformpolizist, und damit basta. Praktisch mein ganzes Polizistenleben, fast vierzig Jahre, habe ich in der Aussenwache der Regionalpolizei im Quartier Hottingen verbracht. Nach all den Jahren war mir dieses Quartier vertraut wie meine Hosentasche. Der Umgang mit den Menschen dort hat mir immer gefallen.

Gar keine Freude an mir hatten meine Vorgesetzten, weil ich im Laufe der Zeit mit den meisten Leuten per Du war. So bin ich nun mal. Für die Menschen dort, war ich einfach der Heiri, der Hottinger Quartierpolizist. Ja, ein menschlicher, vielleicht ein zu lieber Polizist, das war ich schon, bin immer gut gefahren damit.

Gefallen hatte es mir auch, dass ich im Nebenamt noch eine Göttifunktion für den Polizeinachwuchs ausüben durfte. Jeder Polizeiaspirant musste ja in seinem ersten Ausbildungsjahr ein zweimonatiges Praktikum auf einer Polizeiwache absolvieren. Dort wurden sie dann einem älteren, erfahrenen Dienstkollege, eben einem sogenannten Götti, zugeteilt, der sie in die praktische Arbeit des Polizeidienstes einführte. Ein überaus wichtiger, prägender Lernabschnitt für jeden angehenden Polizeimenschen.

So kam es, dass mir eines Tages der Andy Grob als Aspirant zugeteilt wurde. Der Andy war ein flotter, selbstsicherer Bursche mit dem Herz am richtigen Fleck. Gleich angefreundet haben wir uns. Was seine Auffassungsgabe, das kriminalistische Denken und den Umgang mit der Bevölkerung betraf, so war der Andy wohl der Beste unter all den vielen Aspiranten, die ich betreut habe. Klar, dass er bereits nach fünf Dienstjahren bei der Uniformpolizei zur Kriminalpolizei wechseln konnte. Bei der Kripo konnte er als verdeckter Fahnder in der Fahndungsabteilung Gruppe Puma zeigen, was in ihm steckt.

Trotz seinem Weggang zur Kripo blieb ich mit ihm weit über das Dienstliche hinaus freundschaftlich verbunden. Ja, ich kann es nicht verleugnen, dass ich den Andy als Menschen lieb gewonnen hatte. Jederzeit war er ein willkommener Gast in unserer Wache, wo er uns dann von seinen spannenden Einsätzen berichtete. Niemals vergessen werde ich, wie er uns einmal von einem besonders schlimmen Fall erzählte, bei dem Babys richtiggehend gefoltert und sexuell misshandelt wurden. Weitere grausame Details erspare ich Ihnen, zu abscheulich ist das. Furchtbar.

In seinem Ferienhaus im Welschland hatte der Täter sogar Säurefässer gelagert, um die Kindsopfer nach deren Tötung zu beseitigen; der Mann wollte die kleinen Geschöpfe also im wahrsten Sinn des Wortes verschwinden lassen. Horror pur, sage ich Ihnen. Wir alle auf der Wache konnten das gar nicht glauben und schüttelten nur angewidert den Kopf. Gibt's denn so etwas überhaupt? Ist das wirklich möglich? Doch wir wurden eines Besseren belehrt, als drei Wochen später die Medien mit grossen Schlagzeilen die Verhaftung des Täters, René Osterwalder in Holland, Amsterdam meldeten, und sich alles genau so zugetragen hatte, wie Andy es erzählt hatte.

Etwas später tauchte der Andy erneut bei uns in der Polizei-wache auf und berichtete von einem Pädophilen, gegen den gerade ermittelt werde. Das besonders Interessante dabei war, dass es sich um eine bekannte Persönlichkeit, den Dr. Erich von Känel, Gerichtspräsident des Zivilgerichtes des Kantons Zürich, handelte. Dabei beschrieb er den Verlauf der Obser-vationen in allen Einzelheiten.

Bei seinem nächsten Besuch dann die böse Überraschung, dass der Fall von der Staatsanwaltschaft gestoppt worden sei. Ja, richtiggehend abgewürgt habe man den Fall. Aus, Schluss, vorbei! Richtig wütend war er deswegen. Ich versuchte den Andy zu beruhigen. Wollte ihn trösten, offenbar nicht über-zeugend genug, denn dadurch regte er sich nur noch mehr auf. Der Andy ballte die Faust und dann schrie es aus ihm heraus:

»Was für ein falscher, verlogener, feiger Haufen ist doch unsere Polizeiführung! Erbärmliche Feiglinge sind das, dass sie so etwas geschehen lassen?« Ohne eine Antwort abzuwarten, wandte er sich grusslos um und verliess die Wache.

Herrgott noch mal, auch ich konnte es nicht fassen! Das musste ich erst einmal verdauen. Das können Sie mir glauben, für den Andy lege ich meine Hand ins Feuer. Ein durch und durch integrer, ehrlicher Mensch ist das. Alles, war er uns von seinen Einsätzen als verdeckter Fahnder berichtete, hat sich hinterher als wahr herausgestellt. Und warum sollte das aus-gerechnet in diesem Fall anders sein? Ich hatte immer gedacht, so etwas wäre bei uns gar nicht möglich.

Total aufgewühlt habe ich mich sofort an die Schreibma-schine gesetzt und direkt unserem Polizeikommandanten Dr. Hans Gygax einen Brief geschrieben. Ich musste diesen Brief einfach schreiben. Darin hatte ich das aufgeschrieben, was der Andy Grob erzählt hatte. Hielt alles fest, was ich noch wusste. Eine Antwort habe ich nie erhalten. Was nun? Ich wusste zuerst nicht weiter. Dann rief ich meinen ehemaligen Strafrechtslehrer Jean-Daniel Zwahlen an und schilderte ihm mein Problem. Sein wertvoller Tipp: »Herr Berchtold, schicken Sie einen eingeschriebenen Brief an den Stadtrat von Zürich. Dort werden alle eintreffenden Briefe bei ihrem Eingang gestempelt und protokolliert. So kann es nicht mehr geschehen, dass man Ihren Brief einfach verschwinden lässt.«

Und das tat ich dann auch. Ein Schritt, der Wirkung zeigte. Keine zwei Wochen vergingen, und schon hiess es für mich: »Sofort zum Polizeikommandanten Dr. Hans Gygax ins Büro!« Eine halbe Stunde später stand ich mit Herzklopfen vor der Bürotür des obersten Chefs der Regionalpolizei. Ich klopfte an und trat ein. In der Raummitte, an einem grossen Schreibtisch, sass der Polizeikommandant Gygax und ganz hinten, in der linken Ecke beim Fenster, stand der Chef der Abteilung Rechtsdienst, Hauptmann Rolf Wegmüller. Stumm wie ein Fisch war dieser und während der ganzen Zeit machte er sich eifrig Notizen in sein schwarzes Büchlein.

»Nehmen Sie Platz«, begrüsste mich mit energischer Stimme der Polizeikommandant. Und noch ehe ich überhaupt richtig Platz genommen hatte, ging es auch schon los. »Wachtmeister Berchtold! Ich bin enttäuscht von Ihnen. Ausgerechnet Sie, Herr Berchtold. Ein bisher stets loyaler und untadeliger Polizist, und erst noch kurz vor der Pension stehend. Welcher Teufel ist denn in Sie gefahren, sich zu einem Brief an den Stadtrat hinreissen zu lassen? Sind Sie sich eigentlich im Klaren, in welch unangenehme Situation Sie uns alle mit Ihrem Geschreibe gebracht haben? Herrgott noch mal! Wachtmeister Berchtold, was ist denn nur los mit Ihnen?« Dabei sah der Polizeikomandant mich mit vorwurfsvollem Blick an. Das

74

fängt ja gut an, habe ich mir gedacht, richtig nervös wurde ich. Ich musste ein paar Mal leer schlucken, sammelte mich und dann hatte ich mich wieder einigermassen gefasst. »Ich habe mich nur so verhalten, wie ein vereidigter Polizist sich verhalten muss. Immerhin habe ich anlässlich meiner Vereidigung zum Polizisten in einem Gotteshaus ein Gelübde abgelegt.«

Was sollte ich noch mehr sagen, es stand ja schon alles in meinem Brief, den der Polizeikommandant in seiner Hand hielt. Gesenkte Köpfe, Schweigen. Die Stille wurde ungemütlich. Im Raum war einzig noch das Kratzgeräusch des Füllfederhalters vom Chef des Rechtsdienstes zu hören. Und mit einem Hauch von Resignation in seiner Stimme sagte der Polizeikommandant: »Hmmm, ja was soll's, passiert ist passiert. Kann nicht mehr rückgängig gemacht werden.« Dabei wies er mit dem Zeigefinger nach hinten, zum Chef Abteilung Rechtsdienst und fuhr fort: »Ich habe Herrn Wegmüller den Auftrag erteilt, in der von Ihnen beschriebenen Sache eine Untersuchung durchzuführen. Sind Sie nun zufrieden, Wachtmeister Berchtold? Ist es das, was Sie wollten? Also, Wachtmeister Berchtold, bis zum Abschluss der Untersuchung erwarte ich von Ihnen, sich ruhig zu verhalten. Gewehr bei Fuss! Habe ich mich deutlich genug ausgedrückt, Wachtmeister Berchtold?« Wie ein Befehl klangen diese Worte. Ich nickte, sagte:

»Jawohl!«, und der Polizeikommandant erklärte die Sitzung für beendet. Mein Besuch hatte nicht mal fünf Minuten gedauert, und schon stand ich wieder draussen im Gang.

Drei Monate vergingen, bis ein mageres Antwortschreiben mit ein paar kurzen Zeilen vom Rechtsdienst bei mir eintraf, worin geschrieben stand, die Untersuchung sei abgeschlossen. Aufgrund eingeholter Stellungnahmen der betroffenen Polizeistellen habe festgestellt werden können, dass alle polizeilichen

Ermittlungsverfahren korrekt durchgeführt worden seien. Darüber hinaus hätten sich nach einer sorgfältigen Prüfung aller Unterlagen, Fakten und erhobenen Aussagen keinerlei Hinweise auf ein unkorrektes Verhalten ergeben. Ich gab mich mit der Antwort zufrieden, glaubte sogar an die Richtigkeit des Inhalts.

Die Zeit verging und die Tage nahmen ihren gewohnten Verlauf. Der Kommandant Dr. Hans Gygax wurde bald darauf altersbedingt in allen Ehren pensioniert. Auch der Chef des Rechtsdienstes, Hauptmann Wegmüller, verliess nach einem knappen Jahr die Regionalpolizei und wechselte als Chef in das Stadtrichteramt. Als kurz darauf meine Pensionierung in erreichbarer Nähe stand, stach mich aber noch ein letztes Mal der Hafer. Ich wollte unbedingt wissen, was all die Leute der involvierten Polizeistellen in der Untersuchung damals ausgesagt hatten. Ich telefonierte herum und bekam von allen Angesprochenen die gleiche Antwort: »Eine interne Untersuchung im Fall des Richters Dr. Erich von Känel soll der Rechtsdienst durchgeführt haben? Davon weiss ich nichts. Eine solche Untersuchung hat bei uns nie stattgefunden. Davon hätte ich wissen müssen.«

Auch meine schriftliche Anfrage bei der neuen Polizeiführung wurde gleichlautend beantwortet: »Eine Untersuchung? Davon haben wir keine Kenntnis. Beim Polizeidepartement sind keine Akten über die von Ihnen angesprochene Untersuchung vorhanden. Tut uns leid, da können wir Ihnen nicht weiterhelfen.« Ich spürte, wie mir schlecht wurde. Das war eindeutig zu viel für mich. Mein Vertrauen in unseren Rechtsstaat war zerstört. Heute kann ich verstehen, dass es Menschen gibt, die aus einer seelischen Not heraus zum Whistleblower werden. Ich war mit meinem Versuch, Klarheit in die Sache zu bringen, auf der ganzen Linie gescheitert. Richtig abgelöscht hat es mir damals. Jetzt im Ruhestand, möchte ich nichts mehr mit der Polizei zu tun haben. Nein, ab jetzt sage ich nichts mehr darüber. Nur für Sie habe ich eine letzte Ausnahme gemacht.

Anonym, Wachtmeister bei der Sitte, 43 Jahre

Ich weiss nicht, ob ich Ihnen trauen kann. Sogar schlecht geschlafen habe ich deswegen. Kann es mir nicht leisten, dass mein Name in irgendwelcher Weise mit dem Vertuschungsfall von Känel in Verbindung gebracht wird. Schliesslich habe ich nicht umsonst seit fünfzehn Jahren meinen Buckel vor den Chefs krumm gemacht. Und mit unseren Chefs, mit denen verdirbt man sich's besser nicht. Muss ja noch lange genug irgendwie mit diesen Deppen von Chefs gut auskommen. Ein elendiger Stress ist das. Jawohl! Immer abgerackert hab ich mich und mir dabei den Arsch für diese Regionalpolizei aufgerissen! Stehe gerade in der engeren Auswahl für den Posten des Fachgruppenchefs beim Jugenddienst. Eine derartige Chance lasse ich mir nicht entgehen. Mir von niemandem kaputtmachen! Auch nicht von Ihnen, Herr Weiss. Ist Ihnen das klar? Ja? Ihr Ehrenwort will ich hören, Herr Weiss!

Gut, ich hab's gehört. Sie haben mir Ihr Ehrenwort gegeben. Dann kann ich ja beruhigt sein. Aber eines noch – und das sage ich Ihnen gleich direkt ins Gesicht: Dieser Von-Känel-Fall geht mir doch am Arsch vorbei. Kümmert mich nicht mehr. Was geht mich das noch an? Wird ja wohl nicht der einzige Schweizer sein, der sich im Ausland an Kindern vergreifen tut. So was passiert doch andauernd. Ich sag bloss, wie's ist. Ja, wahr ist's doch!

Aber der Franz, der Häfliger Franz. Was damals mit dem Franz geschah, lässt mir keine Ruhe mehr. Beschäftigt mich bis heute. Muss viel an ihn denken. Hab den Franz gut gekannt. Weiss nur Gutes über ihn zu berichten. In den 1990er-Jahren war ich schon bei der Sittenpolizei und oft mit ihm zusammen im Rotlichtmilieu auf Nachtpatrouille. Bin dem Franz heute noch dankbar, weil er mich einmal in einer gefährlichen Situation vor Schlimmerem bewahrt hat. Mir dabei vielleicht sogar das Leben gerettet hat. Zu zweit, ich und der Franz, kontrollierten wir in der St. Pauli Bar im Kreis 4, dem Langstrassenquartier, den milieubekannten Zuhälter Paul Hufschmid, auch Frischfleisch-Paule genannt. Fragen Sie mich nicht wie, doch der Frischfleisch-Paule hatte immer die jüngsten, frischesten, unverbrauchtesten und schönsten Huren am Laufen.

Fast wäre mir bei dieser Personenkontrolle die eigene Routine zum Verhängnis geworden. In unserem Beruf ist das eben so: Wenn man nicht ständig aufpasst, schon passiert was. Der Franz und ich wussten zu diesem Zeitpunkt ja noch nicht, dass der Frischfleisch-Paule im Ripol-Fahndungssystem zur Verhaftung ausgeschrieben war, wegen mehrfacher schwerer Körperverletzung. So stand ich in der Bar, kaum zwei Meter entfernt, vor diesem Stänz. In der linken Hand hielt ich seinen Ausweis und in der anderen mein Funkgerät, aus dem plötzlich jemand plärrend meinen Namen rief. Genau in dem Augenblick wollte der Frischfleisch-Paule ganz unauffällig nach hinten zu seiner Gesässtasche greifen, aus der ein mattschwarzer Gegenstand herausragte. Als der Franz die verdächtige Körperbewegung wahrnahm, schoss er vor und rammte dem Stänz seinen gestreckten Fuss direkt in den fetten Ranzen. Der klappte wie ein in der Mitte geknickter Strohhalm vornüber und knallte, peng!, mit dem Kopf voll auf den hölzernen Thekenrand; dann fiel er wie ein schwerer Kartoffelsack zu Boden, wo er völlig k.o. mit verdrehten Augen liegen blieb und nach Luft japste. Von da an war's einfach für uns. Mussten nur noch seine Arme nach hinten auf den Rücken ziehen und ihm Handschellen anlegen.

Bei der anschliessenden Leibesvisitation fanden wir in seiner hinteren rechten Hosentasche tatsächlich eine geladene und entsicherte Browingpistole, Kaliber 6.35 mm, eine zierliche Waffe, aber trotzdem tödlich. Kreideweiss im Gesicht bin ich geworden, und mir wurde kotzübel. Konnte mich nicht mehr auf den Beinen halten. Ich musste mich hinsetzen. Einfach mich hinsetzen und versuchen, tief durchzuatmen, und sonst nichts. Minutenlang. Derart lange brauchte ich, bis ich mich wieder einigermassen gefangen hatte, dass sogar der St.-Pauli-Wirt Mitleid mit mir bekam und spontan einen doppelten Whisky spendieren wollte.

Ja, so ist das gewesen. Grosser Gott! Was hatte ich da für ein Schweineglück! Hätte der Franz nicht so blitzschnell reagiert, nicht auszudenken, was da hätte passieren können! Diese kleine, tödliche Waffe habe ich heute noch deutlich vor Augen. Vieles vergisst man ja wieder, aber so was nicht. Solche Bilder kann man nicht einfach wegwischen, wegdrängen, bekommt man nicht mehr los. Tief in die Seele brennt sich das ein. Unangenehm ist das. Glauben Sie mir. Längst tot könnte ich sein.

Trotzdem. Eine schöne Zeit war es doch, damals bei der Sittenpolizei mit dem Franz. Klar doch, als noch junger Polizist, da hatte ich noch Freude an Action. Das können Sie mir ruhig glauben. Damals freute ich mich wirklich noch, wenn was los war. Es ging bei uns in der Sittenpolizei hektisch zu und her. Damals noch. Immer war was los, ständig waren wir auf Achse im Rotlichtmilieu, im Langstrassenquartier und auf der anderen Seite der Limmat, im Zürcher Niederdorf. Action pur war das, sage ich Ihnen, zur späten Nachtstunde auf Patrouille unterwegs zu sein, um Fälle anzureissen. Initiative zu zeigen. Aber leider vorbei. Leider, ja. Längst vergangen und vorbei, diese Zeit.

(Kurze Stille)

Ja, äh, wo war ich stehen geblieben? Ach egal. Gut. Auf jeden Fall, drei Tage später war ich dem Franz schon wieder bei einer Hausdurchsuchung in Zürich-Altstetten, in der Wohnung des Pädophilen Heinz G., behilflich. Es war ein Wahnsinn, welche Unmengen kinderpornografisches Material wir dort in der Drei-Zimmer-Dachwohnung an der Bachmattstrasse 4c sicherstellen konnten. Hunderte Filme der übelsten Sorte kamen zum Vorschein. Einige davon waren ganz offensichtlich von Amateuren aufgenommen worden. Auf einem war ein etwa zehn Jahre altes Mädchen zu sehen, das mit weit aufgerissenen, starren Augen in irgendeinem Kellerraum auf einem Bett lag, während es von zwei älteren Männern auf brutalste Weise penetriert wurde. Ja, Sie haben richtig gehört. Da wurde ein Kind vor laufender Kamera vergewaltigt! Und immer wieder in Grossaufnahme wurde das Gesicht des Mädchens herangezoomt, dann sein Geschlechtsbereich und wiederholt, immer wieder, der sich verzweifelt in Abwehr windende kleine Mädchenkörper.

Das Einzige, was ich dabei fühlte, war Abscheu. Warum mit Kindern? Warum macht jemand so etwas mit einem unschuldigen Kind? Herrgott noch mal! Was mag wohl in den Köpfen solcher Leute vorgehen, die so etwas Grauenhaftes tun? Einmal mehr wird da der Mensch infrage gestellt.

Dazu kam noch eine Fotosammlung, die mehrere tausend Bilder umfasste. Bilder von nackten Kindern, die Jüngsten gerade mal im Kindergartenalter. Oft in unnatürlich gestellten Posen, meist mit gespreizten Beinen, der Fokus ganz auf ihre Geschlechtsteile gerichtet. Von den besonders widerlichen Fotos, auf denen die psychische und körperliche sexuelle Gewalt in aller Deutlichkeit zu erkennen war, mag ich erst gar nicht reden.

Als wir zu einem späteren Zeitpunkt dieses Beweismaterial visionieren und dokumentieren mussten, brach unser Dienstkollege Ernst Gubler, ein vierfacher Familienvater, plötzlich weinend zusammen. Einen richtigen Nervenzusammenbruch hatte der Ernst dabei erlitten. Konnte diese grauenhaften Filme und Fotos einfach nicht mehr aushalten, musste deswegen heimgeschickt und ausgewechselt werden.

Mit diesem Material hatte der Pädophile Heinz G. einen florierenden Versandhandel betrieben. Über den Verkauf hatte er penibel genau Buch geführt. Zutiefst verstörend war für mich, was sich da alles in seiner Kundenkartei befand: Lehrer, Schulhausabwarte, Sozialpädagogen, Erzieher, Jugendsporttrainer, Pfarrer, Ärzte, Juristen, Bundesangestellte, Kinderkrippen-Betreuer. Auch ein bestens bekannter Politiker aus dem Kanton Solothurn war in der Kundenkartei aufgeführt. Schwer, dafür eine richtige Erklärung zu finden. Ein Psychiater hätte da alle Hände voll zu tun, das kann man schon sagen.

Es hat mich dann gar nicht mehr gross erstaunt, als im Zuge von Ermittlungen auch noch ein Gerichtspräsident ins Fadenkreuz geriet. Ich habe dem Franz gesagt, ja richtiggehend angefleht habe ich ihn:

»He Franz, lass es gut sein. Übertreib's jetzt nicht, Franz! Dieser Gerichtspräsident ist eine Nummer zu gross für dich. Halt dich da raus, Franz! Das gibt nur Ärger. Komm, Franz, am besten, wir machen jetzt Feierabend, gehen ins nächste Wirtshaus, bestellen uns einen halben Liter Roten, noch einen

Kognak dazu und vergessen die ganze Sache mit dem Gerichtspräsidenten.« Hab den Franz in dieser Sache nicht verstehen können.

Wann ich den Franz zum letzten Mal gesehen habe? Moment. So weit ich's noch in Erinnerung habe … Ach ja, richtig. Genau. Zum letzten Mal habe ich den Franz gesehen, als er gerade eine französische Polizeidelegation aus Paris in seinem Büro empfing. Hätte der Franz doch nur auf mich gehört. Alles wäre anders gekommen. Ja, doch schon. Alles wäre jetzt anders, alles. Aber nein! Der Franz, diese sture Berner Stierengrind, hat die Sache ja bis ins eigene Verderben hinein durchgezogen. Weiss Gott, ja! Schade ist es um den Franz.

Offiziersrapport

Im grossen, mit hellbraunem Holz getäfelten Sitzungszimmer thronte der Major Fritz Stocker wie ein König am oberen Ende des langen, schmalen Tisches auf einem schwarzen Ledersessel. So konnte er alle Anwesenden mit einem einzigen Blick erfassen. Ganz vorne, zu seiner Rechten und Linken, sassen die erstklassigen Polizeioffiziere, während der Rest sich mit den hinteren Plätzen begnügen musste. Als erstklassige Polizeioffiziere galten bei der Regionalpolizei die Juristen; diese liessen ihre Kollegen, die sich vom Polizeiaspiranten zum Offizier hochgedient hatten, schon mal spüren, dass sie halt keine richtigen Gstudierten waren.

Reine Routine war das schon für den Major Fritz Stocker, die Leitung des allmittwochmorgendlichen, auf Punkt 9.00 Uhr angesetzten Offiziersrapportes zu übernehmen. Wie immer strich er sich zuerst mit der flachen Hand bedächtig über sein streng nach hinten gekämmtes, dunkles Haar, liess seinen Blick über die Anwesenden gleiten, klatschte dann einmal in die Hände und rief:

»Der Rapport ist eröffnet!«

Es war nicht weiter interessant, was an diesem Morgen zu Beginn auf der Traktandenliste stand. Einige magere Zwischenergebnisse aus drei Projektgruppen. Nichts wirklich Neues. Bei der Regionalpolizei war ein gutes Dutzend solcher Projektgruppen damit beschäftigt, die administrativen Abläufe zu verbessern und effizienter zu gestalten. Mit grossem Eifer ging man an diese Aufgabe heran, so als gälte es, die Polizei neu zu erfinden. Der Personaldienst wurde zu »Human Ressources«, die Pressestelle zum Mediendienst, die Seepolizei zur Wasserschutzpolizei und aus der Motorisierten Verkehrspolizei MVP wurde das Kommissariat Verkehrspolizei.

Eine nicht zur Ruhe kommende, ewige Baustelle, die Regionalpolizei.

Ja, reden konnte der Major Fritz Stocker. Und er verstand es, im Mittelpunkt zu stehen. Seine tiefe Bass-Stimme erfüllte den ganzen Raum. Er liebte es, belehrende Vorträge zu halten. Manchmal sprach er wie ein Sektenprediger, erlaubte sich dabei, geringschätzig auf andere Menschen herabzusehen.

Als der Major mit seinem Vortrag geendet hatte, schienen einige Offiziere aus ihrer Starrheit zu erwachen und nickten dem Major untertänig und brav zustimmend zu.

»Interessant … ja, wirklich interessant … aufschlussreich … momol, schon …«

Schreibstifte kratzten über das Papier der aufgeschlagenen Notizhefte. Danach richteten sich die Köpfe wie auf einen Befehl hin wieder kerzengerade auf.

Das nächste Traktandum – es ging um die Entlassung des Korporals Richard Vetsch – verlief nicht ganz so reibungslos.

Die Stimme des Majors nahm einen scharfen Ton an:

»Aus dem Bericht des Feldweibels Stefan Keller von der Zürcher Polizeischule geht klar hervor, dass anlässlich einer Informationsveranstaltung über den Polizeiberuf der in amtlicher Funktion anwesende Korporal Richard Vetsch sich wiederholt rassistisch geäussert hat. Auf die Frage eines Besuchers, ob die Ausländerkriminalität für die Polizei ein grosses Problem sei, hat dieser Korporal Vetsch sich zu einem verbalen Rundumschlag gegen Ausländer hinreissen lassen.«

Der Major nahm die Akte Vetsch zur Hand, schlug die erste Seite auf und begann aus dem Protokoll vorzulesen:

»Korporal Vetsch sagte, die kriminellen Jugo-Banden seien schon eine Plage. Und überhaupt liege der Drogenhandel mehrheitlich in Ausländerhand. Aus Polen kämen die sogenannten Enkeltrick-Betrüger, denen es immer wieder gelinge, betagten Menschen Zehntausende von Franken abzuknöpfen. Gleiches wird mit der Masche von vorgespielten, falschen Polizisten getan.

Und organisierte Fahrzeugdiebe, die mit einem Gerät namens Polenschlüssel ohne grosse Gewaltanwendung Autos öffneten, um sie dann ins Ausland zu schaffen. Da war auch von ausländischen Rammbock-Einbrechern die Rede, von Schlafzimmern-Räubern, von Einbrechern, die ganze Sportartikelläden, Brillengeschäfte und Kleiderboutiquen leerräumten. Ausländische Internetbetrüger machen stetig mehr mit Erfolg grosse Kasse. Sei es durch falsche günstig wirkende Wohnungsangebote, durch den Verkauf von Flugtickets, deren Fluggesellschaft nur auf einer Internetseite besteht.

Von Profi-Taschendieben, die täglich in Trams, Bussen, auf Bahnhöfen, belebten Strassen, in der Migros, bei Coop, Spar, Lidl, Aldi und im Glattzentrum Wallisellen ihr Unwesen trieben.

Rumänische Bettler, die von ihren Clanchefs strategisch geschickt in der ganzen Stadt Zürich platziert wurden. Bestens organisierte osteuropäische Verbrecherbanden, die von skrupelloser Ausbeutung von Frauen profitieren. Drogen, Menschenhandel, Schleppertum, Erpressung, Gewalt, Zwangsprostitution, miserable Absteigen, der Strassenstrich am Sihlquai, wo bulgarische und rumänische Zuhälter junge Frauen ins Elend trieben.

Natürlich sei die Polizei wegen diesen kriminellen Ausländern voll ausgelastet, am Anschlag, sagte Korporal Richard Vetsch, sie gehörten nach Verbüssung ihrer Strafe konsequent ausgeschafft.

An einer Informationsveranstaltung darf man sich so nicht äussern! Hier war klar ein rassistischer Unterton herauszuhören. Ich erlaube mir deshalb an dieser Stelle, Sie zu bitten, disziplinarische Schritte gegen Korporal Richard Vetsch einzuleiten. Gezeichnet: Feldweibel Stefan Keller, Zürcher Polizeischule.

Der Major hob den Blick, schaute in die Runde, und mit einem Seufzer fügte er hinzu:

»Gott sei Dank hat die Presse noch nicht Wind davon bekommen.« So, als sei die Kündigung bereits eine beschlossene Sache, machte der Major mit der Hand eine wegwerfende Bewegung und schob das Aktenstück von sich.

»Halt! Einspruch! So geht das nicht!«

Alle Augen richteten sich auf das untere Tischende, wo sich Hauptmann Manfred Luginbühl mit einem Ruck vom Stuhl erhob.

»Warum soll der Korporal diesen jungen Menschen nicht die Wahrheit erzählen?«, fragte er.

»Soll er vielleicht unehrlich sein, die Menschen anlügen? Ich kenne den Vetsch als offenen, ehrlichen Menschen. Und wenn er sich einmal etwas im Ton vergriffen hat – ist das so schlimm? Seit sieben Jahren arbeitet der Korporal Vetsch im Kreis 4, im Langstrassenquartier. Tagein, tagaus muss er sich dort gegenüber Milieugestalten, Randständigen, Sozialhilfeempfängern,

Asylanten, Drögelern und Kriminellen behaupten und das Gesetz durchsetzen. Dort an der Polizeifront im Einsatz zu stehen, bedeutet Dauerstress und ständige Anspannung. Ein richtiger der Gesundheit abträglicher Verschleissjob ist das.

Ihr habt es gut in eurem sicheren und klimatisierten rückwärtigen Büro. Da kann man sich leicht als Richter ausfspielen. Und bedenkt bitte auch: Das ist ein Familienvater mit zwei kleinen Kindern. Wegen einem solchen Hafenchäs darf man einen Polizisten doch nicht auf die Strasse stellen!«

Da stand Hauptmann Manfred Luginbühl aber alleine inmitten seiner Offizierskollegen! Keiner half, niemand hielt zu ihm. Still war es im Raum. Schweigen. Verlegenes Schweigen. Abwartendes Schweigen. Die ganze Offiziersgesellschaft blieb einfach stumm. War gespannt, was nun kommen würde.

Zufrieden nahm Major Stocker dies zur Kenntnis. Selbstgefällig sass er in seinem schwarzen Ledersessel, mit einem höhnischen, falschen Lachen im Gesicht. Dann warf er einen spöttischen Blick zum Hauptmann hinüber und sagte:

»Ja, schau jetzt einer den Hauptmann Luginbühl an. Ein Chef, der sich mit seinen Untergebenen verbunden fühlt. Sich als deren Freund aufspielt. Ach Sie mit Ihren Gefühlen!«

Die Stimmung des Majors schlug um. Verärgert sah er jetzt aus. Ganz gehässig fuhr er fort:

»Ich kann Ihnen sagen, eine zu grosse Nähe zu den Untergebenen ist schädlich. So verliert man jegliche Autorität. Distanz wahren, Hauptmann Luginbühl! Und hören Sie mit Ihrem dusseligen humanen Gerede auf. Pah, junger Familienvater, zwei kleine Kinder. Das tut alles nichts zur Sache. Wir werden doch jetzt kein Theater machen wegen eines Korporals. Jedes Mitleid ist reine Zeitverschwendung. Rechtschaffenheit, Ordnung und Disziplin – das muss sein. Das gilt für alle. Rassismus wird bei uns nicht geduldet. Null, zero Toleranz! Verstehen Sie? Ich komme also zum Schluss: Dieser Mann hat zu verantworten, was er gesagt hat. (Predigerton) Die Kündigung wird durchgezogen. Daran gibt's nichts mehr zu rütteln!«

Hauptmann Luginbühl gab sich jedoch noch nicht geschlagen. Mit einer ruhigen, klaren Stimme fuhr er sachlich fort:

»Korporal Vetsch ist einer meiner tüchtigsten Leute. Mag er in der Polizeischule bei den Prüfungen nicht gerade der Beste gewesen sein, doch mit Menschen umgehen, das kann er. Sie hätten ihn sehen sollen, wie er einmal im Kreis 4 in der Regionalwache einen aggressiven Betrunkenen zur Ruhe gebracht hat. Zufällig war ich damals als Brandtour-Offizier dazugekommen. Ganz allein gelang es diesem Vetsch, den Erregten zu beruhigen. Und das, obwohl sein Gegenüber einen Kopf grösser war und muskelbepackte Arme hatte wie ein Schwinger. Der Mann liess sich am Schluss ganz friedlich und problemlos mit dem Taxi nach Hause chauffieren. Solche Polizisten braucht die Regionalpolizei! Und immer diese Angst vor der Presse. Das ist ein Kapitel für sich. Was seid ihr doch für Schisshasen! Hat die Political Correctness inzwischen dazu geführt, dass man unbequeme Tatsachen nicht mehr aussprechen darf? Darüber, wie es an der Polizeifront zugeht, wissen die Zeitungsleute viel zu wenig. Kurzum: Ich will diesen Polizisten in meinem Kommissariat behalten. Und ich betone nochmals: Wegen einer solchen Lappalie einen derart guten Polizisten auf die Strasse stellen, das geht einfach nicht! Ein schriftlicher Verweis würde genügen.

Das muss hier an dieser Stelle klar und deutlich gesagt werden.«

Es schien, als hörte der Major nur mit halbem Ohr zu. Längst war er aufgestanden, um im Sitzungszimmer auf und ab zu gehen. Dabei warf er einen ungeduldigen Blick auf die Armbanduhr, gähnte vor sich hin, blieb vor dem Fenster stehen und blickte über die Bahnhofstrasse hinweg zum Grieder-Haus. Draussen war es sonnig und klar. Vor dem Schaufenster, worin noble, sündhaft teure klassische Damenanzüge ausgestellt waren, eilten gerade zwei schwarz gekleidete Geschäftsleute vorbei.

Vom Paradeplatz tönte das quietschende Geräusch eines Trams herauf, das in eine enge Kurve bog. Auf dem Fenstersims hockte gemütlich eine Taube.

Dann geschah plötzlich etwas, was dem sonst so ruhigen, immer über der Sache stehenden Hauptmann Manfred Luginbühl niemand zugetraut hätte. Als der Hauptmann erkannte, dass er mit seinem Einspruch gegen die Kündigung auf verlorenem Posten stand, verjagte es ihn komplett und aus ihm schrie es heraus:

»Ach, hört doch auf! Vor dem Gesetz sind alle gleich. Ha! Ha! Ha! So ein Stuss! So einen Scheiss hört man ja in der Polizeischule schon in der ersten Strafrechtsstunde. Hohle Worte! Gerichtspräsident sollte man sein und Dr. Erich von Känel heissen!«

Das war zu viel! Ein vielstimmiges, aufgeregtes Gemurmel brach los. Plötzlich redeten alle hitzig durcheinander. Das Gesicht des Major Stocker glühte vor Zorn.

»So eine Frechheit! Ich verbitte mir derartige Kommentare! Den Namen von Känel will ich nie wieder hören. Dieser, dieser … mit seiner widerwärtigen Veranlagung. Nie wieder! Haben Sie mich verstanden?«

Des Majors Augen waren jetzt voller Hass, Speichel rann ihm aus den Mundwinkeln, als er weitertobte. Eine Flut von

Schimpfwörtern prasselte wie ein Sturzbach auf den armen Hauptmann nieder. Von da an schwieg Hauptmann Luginbühl und biss die Zähne zusammen, musste stillhalten. Seine Augen wurden feucht. Er starrte vor sich hin auf die Tischplatte. Ihm war übel.

Als der Offiziersrapport beendet war, schlichen einige Polizeioffiziere ein wenig beschämt an Hauptmann Luginbühl vorbei aus dem Sitzungszimmer. Mit nachdenklich gesenkten Köpfen und beschämten Gesichtern ging man auseinander.

Bruno Pfister, 71 Jahre, ehemaliger Fachgruppenchef bei der Sittenpolizei

Ich merke schon, worauf Sie hinauswollen! Ja, eine unangenehme Geschichte war das mit dem Gerichtspräsidenten Dr. Erich von Känel. Ja wirklich, ein heikel Ding! Ich hatte mich schon damals gewundert, dass die Ermittlungen gegen den Gerichtspräsidenten überhaupt über das eigene Polizeikorps hinaus bis auf Stufe Bezirksanwaltschaft laufen konnten. Erst als ein Staatsanwalt Wind von der Sache bekam und deren Brisanz richtig erkannte, wurden die Ermittlungen abgeklemmt. Richtig reagiert hatte dieser Staatsanwalt! Einen mutmasslich pädophilen Gerichtspräsidenten, das darf es einfach nicht geben. Das wäre der Gau für jeden Rechtsstaat. Das Ansehen und die Glaubwürdigkeit unseres Gerichtswesens wären auf Jahre hinaus beschädigt worden. So, Sie sehen das anders? Wie hätte die Sache denn Ihrer Meinung nach weitergehen sollen? Glauben Sie mir, kein Staatsanwalt hätte sich dazu hergegeben, aktiv und unbefangen gegen einen hiesigen Gerichtspräsidenten vorzugehen, und – falls die gerichtlichen Beweise überzeugend gewesen wären – ihn dann auch noch anzuklagen. Hier sind wir an einen Punkt gelangt, der die Grenzen unseres Rechtsstaates aufzeigt.

Man muss sich zudem vor Augen halten: damals in den neunziger Jahren herrschte noch ein ganz anderer Zeitgeist, selbst pädophile Pfarrer haben noch unter einem besonderen Schutz gestanden. Ich erinnere mich noch gut an den Fall eines katholischen Pfarrers, gegen den ermittelt wurde, weil er in Verdacht geraten war, bei Knaben an ihrem Geschlechtsteil herummanipuliert zu haben. Als das zuständige Bistum davon erfuhr, nahm sie den Pfarrer einfach aus der Schusslinie und versetzte ihn in einen anderen Kanton, aufs Land, in ein Dorf. Die Ermittlungsakten sind wohl an die Polizei seines neuen Wohnsitzes weitergeleitet worden, doch weiter ist nichts passiert, und der Fall versandete. So als hätte sich irgendeine schützende Hand über dem Pfarrer erhoben. An seiner neuen Wirkungsstätte erhielt der Pfarrer nicht einmal die Auflage, sich inskünftig von Knaben fernzuhalten. Und was haben wir in der Stadt Zürich dagegen machen können, dass der Fall nicht versandete? Nichts, aber auch rein gar nichts!

Auch bei der Polizei erlebt man Dinge, die nicht rechtens sind, und man hat keinen Einfluss, keine Möglichkeit, etwas dagegen zu tun. Das gilt es auszuhalten.

Was? Wollen Sie sich jetzt etwa noch als Richter aufspielen? Nein, dazu haben Sie kein Recht. Oder lassen Sie mich kurz nachdenken. Meine Frage an Sie. Dort, wo bei einem Land, wegen des Ansehens, ein starkes, übergeordnetes Interesse geltend gemacht wird. Wie viel Lüge, wie viel Falschheit verträgt ein demokratischer Rechtsstaat? Diese Frage darf man doch stellen. Nicht wahr? Ist es da nicht erlaubt zu lügen und zu vertuschen? Ob ich dabei nicht wenigstens ein schlechtes Gewissen habe? Das hat mir noch keiner zu sagen gewagt! Was? Sie stellen da Fragen! Ich sicher nicht! Ich habe mir da nichts vorzuwerfen. Man kann mir weiss Gott keinen Vorwurf machen. Wie hätten Sie denn an meiner Stelle gehandelt? Auch Sie hätten nichts bewirken können. Sie hätten sich dabei ganz bös die Finger verbrannt. Schauen Sie sich nur die tragische Figur Häfliger an. Was hat ihm, diesem Gerechtigkeitsfanatiker, das Ganze schlussendlich eingebracht? Überhaupt nichts! Ganz im Gegenteil! Nach seinem Zusammenbruch musste er monatelang in einer Psychiatrischen Klinik wieder aufgepäppelt werden. Galt ab diesem Zeitpunkt sowieso bei vielen nur noch als Spinner, dem die Fantasie durchgegangen war. Mit allergrösster Energie hatte er sich zurückgekämpft, wollte unbedingt wieder beruflich Fuss fassen. Eine Rückkehr zur Sittenpolizei konnte er mit seiner angeschlagenen Gesundheit aber glattweg vergessen, das hätte die Polizeiführung nicht erlaubt.

Als seine seelische Verwundung ausgeheilt war, blieb ihm nur noch eine untergeordnete Stelle, irgendwo im rückwärtigen Bürodienst in einer Verwaltungsabteilung übrig. Zuvor hatte man ihm noch hoch und heilig versprochen, dass er seinen Feldweibelgrad behalten dürfe. Und was hat der Personaldienst als erste Amtshandlung bei seiner Rückkehr getan? Sie hat ihm den Feldweibelgrad weggenommen und ihn zum Wachtmeister zurückgestuft. Aus strukturellen Gründen habe dies geschehen müssen, hiess es. Man habe gar keine andere Wahl gehabt, lautete die Begründung des Personaldienstes.

An seinem neuen Arbeitsplatz hat es der Häfliger gesundheitlich auch nicht mehr lange ausgehalten. Wissen Sie, das Herz. Musste sich notfallmässig einer komplizierten Herzoperation unterziehen. Davon hat er sich nie mehr richtig erholt. Musste zu Lasten der Invaliditätsversicherung abgeschoben werden. Zum IV-Rentner hat es der Häfliger gebracht. Den Rest seines Lebens so dahin vegetieren ist keine schöne Sache. Sehen Sie. Das hätte auch mir passieren können, hätte ich mich so blöd wie der Häfliger verhalten. Der Beweis? Sie wollen mich provozieren? Der Beweis steht vor Ihnen. Karrieremässig habe ich es bei der Sittenpolizei unter der Führung von Oberleutnant Sonja Steinhauser bis zum Chef der Fachgruppe Sittenpolizei gebracht. Sie war für mich immer eine super Chefin. Habe all ihre vielen Kritiker in der Kripo, nie verstanden.

Jetzt geniesse ich meinen Ruhestand. Ich habe eine gute Pension und wohne in meinem Einfamilienhaus im Zürcher Oberland mit direktem Blick auf die Appenzeller Bergwelt. Kommen Sie nur herüber, schauen Sie hier zum Fenster hinaus. Sehen Sie dort die Bergspitzen des Säntis und des Kronberges? Eine schöne Aussicht, nicht wahr? Ja, schauen Sie mich jetzt nur entrüstet an, von mir aus. Wenn's Ihnen Freude macht. Vor Ihnen steht ein zufriedener Mann. Ich erfreue mich bester Gesundheit, bin dreifacher Grossvater und meine Enkel erhalten mich jung. Was will ich mehr? Kann man diese Geschichte nicht ruhen lassen? Das liegt doch schon eine Ewigkeit zurück. Was vorbei ist, ist vorbei. Dieser Fall ist doch, so möchte ich meinen, endgültig ad acta gelegt. Alle Akten zu diesem Fall sind längst vernichtet.

Marlene Häfliger,
Ehefrau des Feldweibel Franz Häfliger

Seit frühester Kindheit kennen wir uns schon, ich und der Franz. Im bernischen Huttwil sind wir auf die Welt gekommen. Zusammen haben wir den Kindergarten und die Schulen besucht. Wir sassen in derselben Klasse, meist nebeneinander. Es hat sich halt so ergeben. Zwischen uns gab es eine tiefe seelische Verbundenheit. Das änderte sich auch nicht, als ich als junge Frau für ein Haushaltslehrjahr zu einer Familie nach Basel zog. Kaum war ich wieder daheim, hiess es für den Franz ab nach Zürich in die Infanterie-Rekrutenschule einzurücken. Danach ist er gleich in der Stadt wohnen geblieben, weil er bei der Regionalpolizei die Ausbildung zum Polizisten begann.

Wegen der Liebe zum Franz – bereut habe ich es nie – bin ich ihm nach Zürich gefolgt. Bald darauf haben wir geheiratet. Drei gesunden Kindern durften wir das Leben schenken. Wunderschön war das. Jede Geburt für uns ein unvergessliches, einmaliges Erlebnis. Vollkommen war unser Familienglück. Ja, eine glückliche Zeit war das. Genau so, wie wir uns unser Leben immer vorgestellt hatten.

Als Polizistenfrau spürte ich rasch, wie wichtig es für ihn war, nach Arbeitsende zu Hause auf einen Menschen zu treffen, dem er von all den seelisch belastenden Erlebnissen bei der Polizei berichten konnte. Sie müssen verstehen. Immer nur schweigen, herunterschlucken und verstummen, dass frisst einem die Lebensenergie weg. Auch wenn der Franz mit Leib und Seele Polizist war, wurde es bei uns Tradition, dass ich ihm nach Feierabend eine geduldige, verständnisvolle Zuhörerin war. Nicht vermeiden liess sich, dass ich dabei auch immer wieder in die Abgründe der menschlichen Existenz blicken musste. Amtsgeheimnis, Datenschutz, berufliche Verschwiegenheit hin oder her, der Franz ist mein Mann, und ich bin seine Frau. Natürlich war ich seine seelische Stütze. Über das Erlebte reden zu können, ist wichtig für das Seelenheil eines Polizisten. Ja, sicher, auch vor seinem Zusammenbruch hatte er mir etliches erzählt. Dass da eine ganz böse Geschichte am Laufen sei. Dass es ihn aber so sehr mitnahm, habe ich nicht erkannt. Nein, ein solch drohendes Unheil hatte ich schon nicht kommen sehen. Ich konnte nicht voraussehen, dass es einmal so schlimm enden wird.

Als mich an jenem Morgen der Telefonanruf erreichte, dass er auf seinem Weg zur Arbeit, im Tram am Schaffhauserplatz, einen psychischen Zusammenbruch erlitten habe, brach für mich eine Welt zusammen. Die Sanität brachte meinen Mann zuerst in die Notfallstation des Waidspitals und von dort aus direkt in die Psychiatrische Klinik. Das war ein richtiger Schock für mich. Gott sei Dank waren unsere drei Kinder zu diesem Zeitpunkt bereits aus dem Gröbsten raus; sie hatten ihre Ausbildung schon abgeschlossen und waren dabei sich abzunabeln und eine eigene Wohnung zu suchen.

Nachdem Franz sich etwas erholt hatte, konnte er immerhin wieder eine Bürostelle in der Verwaltung antreten. So hatte sein Leben wenigstens eine Tagesstruktur. Eine sinnvolle Arbeit war wichtig für ihn. Sie müssen verstehen, der Franz war ein durch und durch aktiver, sportlicher Mensch. Von früh bis spät war er auf den Beinen. War sich nicht gewohnt, einfach so tatenlos herumzusitzen, herumzuhängen. Leider machte dann sein

Herz Probleme. Vier Herzbypasse mussten ihm notfallmässig eingepflanzt werden. Danach hat er sich nie mehr richtig erholt. Bis zum heutigen Tag, ein ständiges Auf und Ab ist das mit seiner Gesundheit. Dann kamen noch weitere gesundheitliche Probleme hinzu. Stellen Sie sich vor: Erst sechunsvierzig Jahre alt, aber körperlich ein Wrack.

Er wird nie mehr richtig arbeiten können. Ein Jammer ist das! Wir zwei hatten doch noch so viel vor. Nach dem Auszug unserer Kinder wollten wir zusammen die Welt bereisen, das war unser Traum. Es tut weh, an früher zurückzudenken. Gestrotzt vor Gesundheit hatte er als junger Mann und zäh war er auch. Der Franz war früher ein erfolgreicher Amateur-Radrennfahrer und auch während seiner Polizistenzeit war er in seiner Freizeit viel mit dem Rennvelo unterwegs. Und heute? Nichts wird wieder richtig gut. Einfach ein Jammer ist das.

Mir tut es so weh, meinen Franz in diesem Zustand zu sehen. Bereits ein längerer Spaziergang ist schnell einmal zu viel. Schon bei der kleinsten Steigung muss er stehen bleiben und um Luft ringen. (Frau Häfliger weint leise vor sich hin, Tränen laufen ihr über die Wangen.) Jedes Mal, wenn sie im Fernsehen oder in der Zeitung etwas über kriminelle Pädophile bringen, kommt die ganze Geschichte wieder in ihm hoch. Das ist, wie wenn man mit dem Finger in eine Wunde sticht. Dann verfällt er in seine depressive Gedankenwelt und brütet vor sich hin. Oft dauert es Tage, bis er wieder einigermassen unbeschwert sein kann. Wegen seiner dauernden Stimmungseinbrüche schaue ich heute erst jede Zeitung genau durch, Artikel, in denen es um Pädophile geht, nehme ich heraus, bevor ich die Zeitung meinem Mann zu lesen gebe.

Dass bei ihm die Seele aus dem Körper herausschreit, habe ich seinem Vertrauensarzt von der Stadt Zürich, Doktor Thomas Lörtscher, gesagt. Und dass seine Herzprobleme ganz bestimmt mit dem erlittenen Mobbing bei der Sittenpolizei in Zusammenhang stehen. Doch was war die Reaktion? Ich musste froh sein, dass ich von diesem Herrn Doktor nicht ausgelacht wurde. »Dummes Zeugs, Frau Häfliger«, hat er gesagt, »was Sie sich da so alles zusammenreimen. Oder sind Sie etwa auch vom Fach? Sitzt mir da etwa eine Berufskollegin gegenüber? Oder eine Psychologin? Was? Aha, nein! Hab ich's mir doch gedacht. Alles Spekulationen, reine Hypothesen, Frau Häfliger. Nichts beweisbar. Für uns zählen alleine Fakten, belegbare medizinische Fakten und nicht irgendwelche Mutmassungen. Verstehen Sie, Frau Häfliger?«

Richtig runtergeputzt hatte mich der Doktor Lörtscher. Habe mich danach auch kaum noch zu Wort gemeldet, wenn es um die Sache meines Mannes ging. Konnte nicht mehr. Ich bin ja auch nur ein Mensch. Schauen Sie mich nur an. Ich bin eine kleine zierliche Frau von feiner Statur. Während dieser schlimmen, leidvollen Zeit, da bin ich oft an meine seelischen und körperlichen Grenzen gestossen. Immer nur stark sein müssen, immer über der Sache stehen können, das geht doch nicht?

Bin von Natur aus eigentlich ein sensibler Mensch und kein Freund der lauten Töne. Mir ist die Gabe der Rede nicht in die Wiege gelegt worden. Doch was meinem Franz geschehen ist. Richtig dreckig hatte es die Regionalpolizei ihm gemacht. Das ist die Wahrheit, und die darf man doch sagen, nicht wahr?

Ohne die Kraft aus unserem Glauben hätten wir das Ganze nicht durchstehen können. Glauben Sie an Gott? Das können Sie mir ruhig glauben und dazu stehe ich auch. Ohne meinen Glauben, wäre ich gar nicht mehr in der Lage meine heutige Lebenssituation zu bewältigen. Nur diese Kraft von meinem Glauben hält mich noch aufrecht.

Ehrendes Angedenken

Die öffentliche Abdankungsfeier fand an einem Dienstagmorgen in der grossen, altehrwürdigen Kirche Grossmünster statt. Ein garstiges Regenwetter herrschte an dem Tag. Wie aus Eimern goss es, und ein unangenehm bissiger Herbstwind pfiff durch Zürichs Strassen. Gegen einen solchen Regen war man machtlos. Das Wasser lief den eintreffenden Trauergästen, trotz aufgespannten Regenschirmen, an ihren Kleidern herunter. Mussten froh sein, wenn sie nicht schon völlig durchnässt bei der Kirche ankamen.

Auf dem mit Pflastersteinen besetzten Vorplatz empfing sie der Grossmünster-Sigrist Albert Hunziker unter dem grossen, offenen Haupteingangstor. Sigrist Hunziker war von seinem

Wesen her eigentlich ein zum Dienen geborenes, wortkarges, schüchternes Männchen, doch an solchen öffentlichen Abdankungsfeiern, da lebte er geradezu förmlich auf. Stolz wie ein kleiner General stand er da und dirigierte mit gewichtigem, strengem Blick und einem schon vom kalten Wind geröteten Gesicht die Trauergäste zu ihren Sitzplätzen.

Nicht nur die Presse, auch beinahe die ganze Politprominenz war an diesem Morgen auf den Beinen und zur Abdankungsfeier erschienen. In corpore die Mitglieder des Regierungsrates des Kantons Zürich, die huldvoll freundlich grüssend durch die Menge schritten. In angemessenem Abstand folgten noch die Alt-Regierungsräte Wehrli und Guldimann des Zürcher Freisinns. Zwei sich auf Gehstöcke stützende, gebrechlich wirkende, weisshaarige alte Männer, mit von Medikamenten aufgedunsenen, roten Gesichtern. Zwei Minuten später tauchte in Begleitung des Zürcher Stadtrats auch die Stadtpräsidentin Corine Hollenstein auf, die auf einen Platz ganz vorne neben der Kanzel zusteuerte, mit ihrer bekannten kurz geschnittenen, dunkelblonden Pagenfrisur und, etwas steif nach alter Mode gekleidet, im langen, grauen Rock.

Beeindruckend, wie es dieser Frau vor versammelter Presse gelang, in der Zeit eines Wimpernschlages eine täuschend echte Leidensmiene aufzusetzen. Und erst noch dieses traurige Nicken, dieser leidvolle Ton in ihrer Stimme, als sie in das Mikrophon einer Journalistin vom Schweizer Fernsehen für die Abendnachrichten sprach. Einfach genial, diese schauspielerische Leistung. Das muss man schon sagen.

Unauffälliger traten die übrigen Trauergäste auf, unter denen da und dort weitere stadtbekannte Gesichter auszumachen waren. Kaum beachtet hatte auch der inzwischen zum leitenden Oberstaatsanwalt beförderte Ueli Zwahlen in der ersten Bankreihe, inmitten der Politprominenz, Platz genommen. Die Kirche füllte sich, war bald bis auf den letzten Platz besetzt.

Pünktlich um zehn Uhr läuteten die Kirchenglocken des Grossmünsters die Abdankungsfeier ein. Dann – erwartungsvolle Stille. Die wuchtige, massige Gestalt des Grossmünsterpfarrers Ulrich Göldi erschien auf der Kanzel, von wo er zufrieden seinen Blick über die voll besetzten Kirchenbänke schweifen liess. Er genoss diesen Anblick sichtlich. Dann folgten mit einem gewaltigen Tusch die ersten paar Takte der Trauermusik von Mozarts Requiem in d-Moll aus der imposanten Kirchenorgel, so dass die Orgelpfeifen dröhnten. Derart gewaltig war die Lautstärke, dass alle schlagartig hellwach waren. Als die Kirchenorgel wieder verstummte, wandte sich Pfarrer Göldi seinem Manuskript zu, rückte kurz die Brille zurecht und legte los.

»Werte Trauergemeinde. Wir alle sind hier zusammengekommen, um von einem lieben Menschen, einer grossen Persönlichkeit und einem angesehenen Bürger Abschied zu nehmen. Ein grosser Verlust für die Menschheit ...«

Es war eine weitschweifige, bis in die früheste Kindheit des Verstorbenen zurückgreifende, mit Leidenschaft vorgetragene Abdankungsrede, die sich da über die Zuhörer ergoss. Wohlbehütet am Zürichberg in bürgerlichen Kreisen aufgewachsen, habe er eine wundervolle, unbeschwerte Kindheit gehabt. Ja, bereits in seinen ersten Lebensjahren, ein g'freuter, aufgeweckter, blitzgescheiter und wissbegieriger Bub sei er gewesen, liebe Trauergemeinde, so war er, der Herr Gerichtspräsident ... Dann kam der Pfarrer auf die aussergewöhnliche Karriere des Verstorbenen zu sprechen, ein Superlativ jagte den anderen: Eine mit Bestnote bestandene Matur. Summa cum laude beim Abschluss des Studiums der Rechtswissenschaft. Praktika bei der Zürcher Staatsanwaltschaft und in der international renommierten Anwaltskanzlei Finsler & Partner AG. Erwerb des Anwaltspatents. Richter beim Zürcher Obergericht. Der Doktortitel. Verfasser zahlreicher wegweisender rechtswissenschaftlicher Artikel und Bücher. Dann der Aufstieg in die oberste Liga: die Berufung zum Präsidenten des Zivilgerichts des Kantons Zürich. Zudem war er ein ausgewiesener Kenner der klassischen Musik. Und nicht zu vergessen, sein Interesse für die Kunst, gebildete Kunst. Rotary Club. Zünfter bei der Zunft Unterstrass …

Eine ganze Stunde dauerte die Abdankungsrede. Der eine oder andere Trauergast begann schon zu gähnen. Herr, erbarme dich unser! Dann hatte Pfarrer Göldi seine Rede mit den obligaten Worten »Asche zu Asche, Staub zu Staub« endlich beendet. Die Türen wurden aufgestossen, und ein bissig kalter Herbstwind fegte herein. Draussen regnete es nach wie vor in Strömen. Ein Hudel-Wetter war das. Man erhob sich von den Sitzbänken. Bereits verliessen einige Leute die Kirche, traten ins Freie und machten sich auf den Heimweg. Die Bankreihen leerten sich. Draussen auf dem grossen Vorplatz stand in aufrechter, stolzer Haltung Pfarrer Göldi, gerade dabei, die Trauergäste mit einem Händeschütteln zu verabschieden.

»Einfach wunderbar, geradezu himmlisch war Ihre Rede, Herr Pfarrer. So richtig aus dem Leben gegriffen. Ja, wirklich gelungen, eine schöne Abdankungsrede war das. Welch ergreifend schöne und berührende Worte Sie gefunden haben. Wirklich ganz erstklassig, Herr Pfarrer.« Dermassen gerührt bedankten sich die Leute beim Pfarrer. Ja, man konnte mit dem heutigen Tag zufrieden sein.

Martin Elmer, 48 Jahre, noch aktiver Polizist

Ein richtiger Kulturschock war das für mich, als ich damals meinen Wohnsitz nach Zürich verlegte, um dort den Beruf eines Polizisten zu erlernen. Sie müssen wissen, ich war ein richtiges Landei, bin in Riedern, einem Dorf im Kanton Glarus, aufgewachsen, also im Zigerschlitz, wie man bei uns zu sagen pflegt. Bald aber hatte ich mich an das Stadtleben gewöhnt. Man ist als junger Mensch ja flexibel, nicht wahr?

Am Schluss meiner Polizeiausbildung musste ich damals ein vierteljähriges Praktikum bei der Kriminalpolizei absolvieren. Die Hälfte der Zeit war ich einem Revierdetektiv zugeteilt und für die restlichen sechs Wochen kam ich in die Fachgruppe Sittenpolizei und wurde dort dem Feldweibel Franz Häfliger zugewiesen. Und schon schlitterte ich dort in meine erste grosse seelische Polizeikrise hinein. Das war, als eine junge Frau bei uns in der Sitte erschien und gegen ihren Vater Anzeige erstattete, weil dieser sie von ihrem neunten Lebensjahr an sexuell missbraucht hatte. Die Gesetzesmaschinerie begann zu laufen, Vorermittlungen wurden getätigt und der Vater schliesslich verhaftet und in Untersuchungshaft gesetzt. In dieser Zeit legte der Vater ein Teilgeständnis ab. Ein Gericht verurteilte ihn zu zweieinhalb Jahre Gefängnis.

Schrecklich war das für die junge Frau. Wissen Sie, ihre ganze Familie war Mitglied einer Freikirche. Sehr fromm waren diese Leute. Und wie hatte sich die Mutter gegenüber der eigenen Tochter verhalten? Voll hinter ihren Mann gestellt hatte sich die Mutter. Beim Missbrauch hatte sie immer weggesehen. Dabei geschah vieles sogar im Elternschlafzimmer. Der Vater konnte mit seiner Tochter machen, was er wollte, ist nie auf Widerstand gestossen. Geschwiegen hatte die Mutter, wollte einfach nichts sehen. Das Wichtigste war ihr, nach aussen die Fassade einer heilen Familienwelt aufrechtzuerhalten. Ja, richtig geleugnet hatte die Mutter den Missbrauch an ihrer Tochter. Noch im Gerichtssaal warf sie ihrer Tochter vor, dass sie mit ihren Anschuldigungen Schande über die ganze Familie gebracht habe. Diese keifende, böse, alte Frau.

Mir hatte es fast das Herz zerrissen, diese junge Frau in ihrem Elend vor mir zu sehen. Ein bedrückender Anblick. Alles an ihr war bedrückend. Das hatte mich derart aufgewühlt und mitgenommen, dass ich nächtelang nicht schlafen konnte, sogar geweint habe ich. Und nicht einmal geschämt hatte ich mich dabei. Ausgerechnet ich. Wo man doch gerade von einem angehenden Polizisten eine grössere Belastbarkeit erwarten würde. Aber da nützte mir auch der Vortrag in der Polizeischule über »Professionelle Distanz« herzlich wenig. Bei mir hat es jedenfalls in vielen Fällen, die ich bei der Polizei erlebte, nicht funktioniert.

Etwas Wichtiges habe ich in diesem Zusammenhang aber gelernt, was den Kindsmissbrauch betrifft. Bei der Täterschaft handelt es sich nur selten um Fremde. In den meisten Fällen stammen sie aus der eigenen Familie, aus der Verwandtschaft, dem Freundeskreis und zu Missbrauch kommt es vor allem dort, wo ein Abhängigkeitsverhältnis besteht.

Oh, entschuldigen Sie meine Abschweifung. Wo waren wir stehen geblieben? Ach ja, kommen wir doch noch auf die Sache mit dem Gerichtspräsidenten zu sprechen. Deswegen sind Sie ja mit mir in Kontakt getreten. Nun gut. Auch wenn ich die Geschehnisse nur am Rande mitbekommen habe: Ich kann Ihnen einfach bestätigen, dass es Ermittlungen gegen den Dr. Erich von Känel gab.

Zwischen dem Feldweibel Franz Häfliger und dem Chef der Puma-Fahndung, Adjutant Bruno Meienberg, haben mehrere Besprechungen stattgefunden. Die zwei hatten einen Plan entworfen, der eine bis nach Paris reichende Observationsaktion vorsah. All dies geschah in Absprache mit dem für den Fall zuständigen Bezirksanwalt Bruno Meier.

Wie Sie vielleicht schon wissen, ist dann das Ganze von oben abgeklemmt worden. Die Tragweite dieses Falls, war mir damals überhaupt nicht bewusst. Sie müssen bedenken, ich war da noch ein richtiges Greenhorn bei der Polizei. Befand mich immer noch in Ausbildung. Ich konnte dem Feldweibel Häfliger mit meinem bisschen Fachwissen keine grosse Hilfe sein. War mehr so etwas wie ein besserer Laufbursche für ihn.

Einige Monate nach Beendigung meiner Polizeiausbildung, habe ich dann von seinem Zusammenbruch erfahren. Dieser arme Kerl, ganz fies hat die Stadt Zürich es ihm gemacht. Vor allem, als er wegen seinen gesundheitlichen Problemen nicht mehr arbeitsfähig war. Von finanziellen Ängsten geplagt musste er sogar einen Anwalt gegen die Stadt nehmen. Ja, Sie haben richtig gehört, gegen den eigenen Arbeitgeber musste der Häfliger einen Anwalt zu Rate ziehen.

Jetzt mal abgesehen davon, welche Partei im Recht sein mag: Gegen die Stadt ist ein solcher Kampf immer einer mit ungleichen Spiessen. Eine Stadt hat Zeit, ja, Zeit genug. Und immer genügend Geld für Anwälte. Und falls das Gerichtsurteil nicht den Erwartungen entspricht, kann sie das Urteil immer noch bis zur höchsten richterlichen Instanz, dem Bundesgericht, weiterziehen. Geld und Zeit sind genug vorhanden. Jahre dauert so etwas. Für die Stadt kein Problem.

Ganz anders die Situation bei einem als privater Kläger auftretenden einzelnen Menschen. Vielfach schon durch das gerade Durchlebte angeschlagen, wird dieser Mensch einem langen, gesundheitsschädlichen Zermürbungsprozess ausgesetzt. Irgendwann gehen einem da die Kräfte aus, und im Nacken hat man stets den finanziellen Ruin. Man kann nicht mehr, will einfach nur noch seine Ruhe haben, und gelangt in einen Zustand, wo nur noch quälende Angst herrscht, die Angst nicht länger durchhalten zu können. Irgendwann resigniert man dann, gibt erschöpft und ausgebrannt auf. Immerhin hatte es dem Häfliger wenigstens elftausend Franken als Entschädigung für erlittenes Mobbing in der Sittenpolizei eingebracht. Ausbezahlt wurde der Feldweibel, und die Sache war vergessen.

Auch bei der Regionalpolizei war kein grosser Erinnerungswillen spürbar. Wissen Sie, da hingen irgendwie alle mit drin, und es gab kein Zurück. Und wenn mal jemand versucht hat, ernsthaft auf den Fall von Känel zu sprechen zu kommen, wurde er gleich als Nestbeschmutzer beschimpft. Schliesslich ist der Mensch auch bei der Polizei ein Herdentier und hat sich als solches der Herde anzupassen. Man hält zusammen. Abtrünnige werden geächtet, haben es schwer.

Wie schnell doch Gras über geschehenes Unrecht wächst. Einige seiner Kollegen begannen die Sache sogar ins Lächerliche zu ziehen und haben über den Häfliger gespottet: »Der war ja in der Klapsmühle und sowieso nicht mehr ganz richtig im Kopf.« Sich um die Schuld herumlügen nenne ich das. Ja, einfach gemacht haben wir es uns damals. Will man ehrlich gegen sich selbst sein, dann muss man das zugeben. Schnell wurde der Fall von Känel als dummes Gerücht abgetan.

Was die Sache mit den Gerüchten innerhalb der Polizei anbelangt, so gilt es hier, eine differenzierte Betrachtungsweise einzunehmen. Gerüchte innerhalb der Polizei, davon gibt es ohnehin mehr als genug. In jedem grösseren Polizeikorps geht viel Tratsch und Ratsch herum. Leute, die Zeit haben, reden ja viel. Ja, wirklich, ein richtiger Tratschverein ist unsere Polizei. Klar werden dabei auch immer grosse Sprüche geklopft und Witze über unfähige Chefs gerissen, einer mutiger und frecher als der andere.

Da gibt es Leute, die wissen immer über alles Bescheid. Wenn ein Polizist mit dem Streifenwagen einen Verkehrsunfall verursacht hat. Wenn ein ambitionierter, hoffnungsvoller Kaderanwärter von oben plötzlich abgesägt und fallen gelassen wird. Selbst vor der intimsten Privatsphäre wird nicht Halt gemacht. Falls einmal ein älterer, verheirateter Wachtmeister sich in eine junge Polizistin verguckt und die zwei eine geheime Liebschaft beginnen. Auch so etwas bleibt innerhalb des Polizeikorps selten verborgen.

Wissen Sie. Ich will ganz offen zu Ihnen sein. Wegen dieser Gerüchteküche ist es schon zu ganz üblen Auswüchsen gekommen. Da fällt mir ein ganz besonders krasser Fall ein, der auch Sie interessieren könnte. Sie kennen doch an der Bahnhofstrasse 34 das denkmalgeschützte Gebäude der Regionalwache, wo sich nebst unserer Administration auch ein fünf Mann starker Tagesposten befindet. Während eines Nachtdienstes musste der Larcher-Sepp, ein Gefreiter von der Verkehrspolizei, den Postboten spielen. Er musste von der Kripo ein Aktenstück ins Büro fürs Krankenwesen in die Bahnhofstrasse 34 im dritten Stock bringen, weil es am nächsten Morgen dort dringend gebraucht wurde.

Am nächsten Tag hatte der Larcher-Sepp überall herumerzählt, dass unser verheirateter Major Fritz Stocker mit der

Putzfrau Maria Arrigoni ein Geschleick habe. Die zwei hätten in der Putzkammer das volle Fick-Programm in der Hundestellung durchgezogen. Mit eigenen Augen habe er es gesehen. Wirklich eine ganz scharfe Nummer hätten die zwei hingelegt. Einfach krass, nicht?

Ganz heftig fiel die Reaktion unserer Putzfrau der Maria Arrigoni aus, nachdem auch ihr die Larcher-Sepp-Story zu Ohren gekommen war. Zuerst verdrehte sie die Augen, dann hatte sie sich dreimal wild bekreuzigt und ausgerufen: »Maria ist anständige Mensch! Madonna mia! Mache nicht so schlimme Sache, gruusigs Zeugs! Teufel soll holen den Signor Larcher. Tot sein und in Hölle schmorren soll Signor Larcher. Bin sauberes, anständiges Mensch!«

Dem Larcher-Sepp schon nicht gerade den Tod, die Hölle und ewige Verdammnis gewünscht hat der Major Stocker, nachdem die im ganzen Polizeikorps herumgeisternde Geschichte bei ihm angelangt war. Sachlich, kühl und pragmatisch schaltete er einfach unseren Rechtsdienst ein, und der Sepp wurde wegen ehrverletzende Äusserungen zu einem Fall für den Chef persönlich, den Hauptmann Rolf Wegmüller. Grosser Gott, haben wir alle gedacht, ausgerechnet beim Hauptmann Wegmüller vortraben muss der Sepp. Ich sage Ihnen, der Hauptmann Wegmüller war als scharfer Hund bekannt und bei der Frontmannschaft gefürchtet. Der arme Sepp!

Im Chefbüro des Rechtsdienstes bekam der Sepp vom Hauptmann unter vier Augen eine zünftige Abreibung verpasst. Sogar eine schriftliche Kündigungsandrohung mit Eintrag in die Personalakte wurde gegen ihn ausgesprochen. Als Wiedergutmachung musste der Sepp sich beim Major Stocker persönlich entschuldigen und Maria Arrigoni einen, aus der eigenen Tasche bezahlten Blumenstrauss vorbeibringen. Ihre

Augen sollen vor Zorn Funken gesprüht haben, erzählte mir der Sepp. Sie habe den Blumenstrauss zuerst gar nicht annehmen wollen. Wie ein geprügelter Hund sei er sich vor der Maria Arrigoni vorgekommen.

Nach dieser Geschichte war der Sepp nicht mehr derselbe. Still und nachdenklich wurde er. Ernst und verschlossen ging er seiner Arbeit nach. Selbst in vertrauter Gesellschaft, wo es fröhlich und lustig zuging, sass er oft nur noch da und starrte trübselig vor sich hin. Keine Fröhlichkeit, keine Frohnatur wie zuvor, wie man es vom Sepp gewohnt war. Irgendwie gebrochen schien der Sepp zu sein. Sie sehen, eine gewisse interne Kontrolle funktioniert bei uns schon. Die Ordnung war wiederhergestellt.

Entschuldigung, irgendwie rede ich immer über Sachen, die nicht zum Thema gehören. Ach, verzeihen Sie. Es soll nicht wieder vorkommen. Um noch ein Mal auf den Richterfall zurückzukommen: Auch wenn der Feldweibel Häfliger als alleiniger Verlierer aus der ganzen Sache hervorging, wäre es falsch, ihm die ganze Verantwortung für die Aktion gegen den von Känel in die Schuhe zu schieben. Da waren in der Sitte noch weitere Sachbearbeiter mehr oder weniger aktiv in den Fall involviert.

Die Observationstätigkeit hatte die Puma-Fahndung übernommen. Deren Chef, Adjutant Bruno Meienberg, habe ich noch persönlich gekannt. Der war ein hochqualifizierter Vollblutpolizist. Ein ausgezeichneter Cheffahnder war der. Einer, der seinen Job noch von der Pike auf gelernt hat und grosse Erfolge bei der Suche nach der sogenannten materiellen Wahrheit aufweisen konnte. Glauben Sie mir, Adjutant Meienberg hätte nie und nimmer einfach ins Blaue hinein seine Leute eingesetzt. Nein, da muss einiges Fleisch am Knochen gewesen sein. Nicht vergessen darf man, was für eine Rolle die für den Fall zuständige Bezirksanwaltschaft und die Staatsanwaltschaft dahinter gespielt hatten: Genügte der Staatsanwaltschaft etwa der vorhandene Anfangsverdacht nicht? Herrschte dort ein anderer »Bewertungsmassstab«? Bestand eine berechtigte Furcht, dass der Gerichtspräsident sich in Paris in einer strafrechtlich relevanten Weise schuldig macht? Eine Angst, dass er dort den französischen Fahndern in den Hammer laufen könnte? Warum hat man anstelle der Rechtsstaatlichkeit das Mittel der Vertuschung angewendet? Da sind einige Straftatbestände zusammengekommen. Wo ist wann was aus dem Ruder gelaufen? Trotz der vielen offenen Fragen, quälenden Fragen, ist der Fall damals in einem schwarzen Loch verschwunden.

Seither losgelassen hat mich das ganze Pädophilen-Thema nie mehr. Immer wenn die Medien mit irgendwelchen Pädophilengeschichten gekommen sind, wurde alles in mir wieder aufgeweckt. Wenn über Monate hinweg die Medien berichten, dass in Deutschland der Bundestagsabgeordnete Sebastian Edathy beschuldigt wurde im Besitz von kinder- und jugendpornografischen Aufnahmen zu sein. Ob ich will oder nicht, zwanghaft mitverfolgen muss ich so etwas. Dabei ging es hier gar nicht um den Verdacht von mutmasslichen sexuellen Handlungen mit Kindern, sondern nur um den Besitz von kinderpornografischem Material. Doch schon bereits bei der Frage, ab wann Aufnahmen von nackten Kindern strafrechtlich relevantes, kinderpornografisches Material darstellen, gingen die Ansichten der Juristen klar auseinander. Nicht einmal ein einvernehmlicher Konsens konnte dabei erzielt werden. Die Juristerei ist halt keine exakte Wissenschaft und lässt immer einen gewissen Auslege- und Ermessensspielraum offen. Biegsam ist das Recht.

Drunter und drüber ging es in dem Fall des Bundestagsabgeordneten auch, was frühzeitige Mitwisser betraf. Ein Minister musste zurücktreten, ein anderer Abgeordneter hatte, von Feigheit gepackt, die Aussage verweigert. Und da war noch das kuriose Abhandenkommen des Laptops des Bundestagsabgeordneten und sofort. Gegen eine Bezahlung von 5.000 Euro wurde das Verfahren schlussendlich eingestellt. Quasi in Form einer − innerhalb der Schranken der Gesetzgebung möglichen − vereinfachten Verfahrenserledigung. Was hier in diesem Fall auch Sinn machte.

Die eigentlich Bestrafung dieses Bundestagsabgeordneten war jedoch sein gesellschaftlicher Tod. Das bedeutete für ihn, plötzlich aus seinem bisherigen sozialen Leben gerissen zu werden. Die Folge war sein sofortiger Rückzug aus der Politik und dass er von seinen Parteikolleginnen und -Kollegen fallen gelassen wurde wie eine heisse Kartoffel. Untergetaucht war er und ins Ausland fliehen musste er. Sein soziales Leben ist kaputt, er ist geächtet für alle Zeiten. Hysterisch gebärdete sich dabei der Volkszorn. »Sperrt die Bestie weg! Rübe ab!«, stand da zu lesen. Was hier geschah, das war eine richtige soziale Vernichtung.

Als ich vor kurzem vom Tod des Gerichtspräsidenten Dr. Erich von Känel erfahren habe und all die vielen Todesanzeigen und lobpreisenden Nachrufe in den Zeitungen zu lesen waren, da habe ich mir sofort gedacht, welch unverdientes doppeltes Glück dieser Mensch zu seinen Lebzeiten doch gehabt hatte: Er ist von einem Strafverfahren und von der damit verbundenen sozialen Ächtung verschont geblieben.

Jetzt ist er tot, der Dr. von Känel. Und mit ihm ist ein dunkles Geheimnis zu Grabe getragen worden. Man soll ja nichts Schlechtes über Tote sagen. Möge Gott seiner Seele gnädig sein.

Feldweibel Franz Häfliger, ehemaliger Sittenpolizist

Was, Sie haben schon seit vielen Jahren versucht, mit mir in Kontakt zu treten? Davon weiss ich ja gar nichts. Ach so, Sie haben dabei immer meine Frau kontaktiert. Dann verstehe ich das natürlich. Meine Marlene meint es nur gut mit mir. Sie will mich immer schonen, damit ich nicht mehr an diese unangenehme Geschichte erinnert werde. Jetzt, wo Sie direkt an mich herangetreten sind, hat es ja doch noch mit einem Treffen zwischen uns geklappt.

Aber etwas überrascht bin ich schon und erfreut zugleich, dass ein junger Mensch − wie heissen Sie schon wieder? Ah, der Herr Samuel Weiss −, dass ein Polizist sich noch für diese Sache interessiert. Ist also doch noch etwas von mir in der Regionalpolizei übrig geblieben. Wie lange ist das nun schon her, zwanzig Jahre und mehr.

Aber haben Sie Verständnis, Herr Weiss, wenn ich an dieser Stelle nicht näher auf den Fall von Känel eingehen möchte. Schliesslich, in einem gewissen Alter, wird man ja empfindlicher, vor allem bei Dingen, die bis heute in der eigenen Seele noch nicht richtig verarbeitet sind. Verstehen Sie das? Sie verstehen schon, was ich sagen will, nicht wahr, Herr Weiss?

Dabei war es eigentlich eher ein Zufall, dass ich damals bei der Sitte zum Spezialisten für das Fachgebiet Pädophilie wurde. Einer unserer Revierdetektive hatte einen Anruf von einer besorgten Frau erhalten, die in einer Tageszeitung ein

Inserat entdeckt hatte, in dem ein Fotograf sich anerbot, kostenlos Kinder zu fotografieren. Dieser Fall gelangte dann zu mir zwecks Weiterbehandlung. Und dann ging's richtig los.

Ermittlungen führten zu einem gut organisierten Pädophilenring im Raum Zürich Nord, wo unter Männern Primarschüler herumgereicht und sexuell missbraucht wurden. Die Kontaktaufnahme fand während der Sommerzeit in verschiedenen Schwimmbädern statt. Diese Knaben stammten meist aus völlig zerrütteten Familienverhältnissen. Die Eltern kümmerten sich nicht gross um sie, interessierten sich auch nicht dafür, was ihre Sprösslinge in der Freizeit so alles anstellten. Na, gut. Hmm, ja. Die Knaben erzählten ja auch niemandem von ihrem Tun. Mit Geschenken und Geld und vor allem mit vorgetäuschter Zuneigung haben die Täter das Vertrauen der Kinder erschlichen. Ich habe diesen Ring damals hochgehen lassen. Und ab da hiess es, immer wenn es um Pädophile ging: Das ist ein Fall für den Feldweibel Häfliger. Alles ging gut, bis dann die Geschichte mit dem Richter passiert ist. Was hat meine liebe Frau wegen dieser Sache nicht alles durchmachen müssen. Alles nur wegen dieser Sache mit dem Richter, die auch meine Gesundheit komplett ruiniert hatte. Schlimm war das für mich, als ich wegen meiner schlechten Gesundheit ausgemustert wurde. Mein Leben war doch ganz und gar mit der Polizei verbunden!

Besuch von Menschen aus der Regionalpolizei habe ich danach praktisch keinen bekommen. Ich habe nie verstanden, wieso. Ein Ausgestossener bin ich. Verbittert werden kann man schon dabei. Diese plötzliche Einsamkeit. Von einem Tag auf den andern nicht mehr gebraucht zu werden, einfach auf den Müll geworfen zu werden. Musste dabei die Erfahrung machen, dass man als Polizist in eine Situation hineingeraten kann, wo man dann nur noch alleine ist. Alles weitere alleine durchmachen muss. Meine einzige Stütze war meine Frau. Ja, schlimm war es, von den eigenen Kollegen im Stich gelassen zu werden.

Da klingen Begriffe wie Korpsgeist, Zusammenhalt, Teamgeist, Kameradschaft nur noch wie blanker Zynismus. Das ist hohles, brüchiges Geschwafel, das man immer noch an jeder Polizeivereidigung zu hören bekommt. Natürlich, Sie schütteln jetzt den Kopf, Herr Weiss. Wenn Sie nur die Hälfte dessen erlebt hätten, was ich damals bei der Regionalpolizei durchmachte, nur weil ich die Sache nicht auf sich beruhen lassen wollte, dann sprächen auch Sie anders über die Polizei, glauben Sie mir.

Nur einmal noch, ich war bereits seit einem Jahr aus der Regionalpolizei ausgeschieden, erhielt ich Besuch von der Frau Oberleutnant Steinhauser. Unter dem Vorwand eines Krankenbesuchs hatte sie mich wohl aushorchen wollen; so ganz nebenbei erkundigte sie sich, ob ich privat zu Hause noch Rapportakten aus meiner Zeit bei der Sittenpolizei aufbewahre. Hab natürlich mit einer Unschuldsmiene Nein gesagt. Ich bin doch nicht so blöd, Entwarnung zu geben! Das bleibt mein Geheimnis. Damals muss bei der Polizeiführung eine grosse Unsicherheit oder sogar Angst geherrscht haben, wenn man so lange danach eine Polizeioffizierin zu mir schickt, weil ich noch brisantes Material besitzen könnte. Das zumindest habe ich genossen. Erstaunlich für mich war, wie gut diese Polizeioffizierin Steinhauser in der Sache Bescheid wusste.

Langweile ich Sie? Nein. Dann ist gut.

Was soll ich mich heute noch mit der Frage der Schuld im ganzen Richterfall beschäftigen? Ist doch alles längst verjährt. Ein solches Unrecht kann man sowieso nicht wiedergutmachen. Nicht nach so vielen Jahren. Sicher die Sache mit dem Richter, das war schon ein krasser Fall. Doch das war weder das erste noch wird es das letzte Mal sein, dass ein Fall im Polizei- und Gerichtswesen unsauber abläuft.

Zum Glück erinnere ich mich längst nicht mehr an alles. Ich bin inzwischen in einem Alter, wo einem links und rechts plötzlich liebe Menschen einfach so wegsterben. Auch viele in den Richterfall involvierte Akteure sind nicht mehr unter uns. Unser Polizeikommandant Dr. Hans Gygax ist vor zwölf Jahren an einer verschleppten Grippe gestorben. Auch nicht mehr unter uns ist der Chef der Fahndungsgruppe Puma, Adjutant Bruno Meienberg. Eine bösartige Krebserkrankung hat langsam seinen Körper zerfressen. Musste noch recht lang leiden. Kurz vor seinem Tod habe ich ihn noch im Spital besuchen können. Stark gealtert war er, ausgezehrt, hatte fast zwanzig Kilogramm an Gewicht verloren. Schmal und spitz war sein Gesicht, von tiefen Furchen durchzogen. Gelbgraue, ungesunde Gesichtsfarbe. Schwer ging sein Atem, die Augen waren meist geschlossen. Immer wieder auf dem Weg in eine andere Welt wegsinkend. So habe ich den Bruno Meienberg angetroffen. Mit ihm war ich immer gut ausgekommen. Ich habe ihn als Mensch sehr gemocht und immer gern mit ihm zusammengearbeitet. Er war ein guter Polizist. An seinem Sterbebett waren wir uns für einen Augenblick nahe wie nie zuvor. Wir beide wussten, dass das mein letzter Besuch bei ihm war. Zwei Tage später war er tot.

Selbst der Major Fritz Stocker, dieses ständig hinter den Kulissen agierende Chamäleon, der überall seine dreckigen Finger mit im Spiel hatte, ist längst tot. Sich umgebracht hat er, weil er in seiner Zocker-Gier mit gefälschten Vollmachten viel Geld aus dem Vermögen seiner Frau verloren hat. Hinterrücks mit riskanten Warentermingeschäften an der Börse verspekuliert. Einen Tag nachdem seine Ehefrau gegen ihn Strafanzeige eingereicht hatte und mit der Tochter aus dem gemeinsamen Haus ausgezogen war, kam es zum grossen Knall. Im Wäldchen beim Katzensee hat der Major sich mit seiner Dienstpistole eine Kugel durch den Kopf gejagt. Brutal und rücksichtslos, mit aller Konsequenz hart bis in den Tod hinein verlief sein Leben.

Oh, Entschuldigung, mein Herr. Ich werde jetzt müde. Ich mag nicht mehr so recht. Lassen wir es genug sein. Sie fragen, was in der Sache noch weiter geschehen soll? Lieber Mann, eine derartige Frage kann einem alten Mann wie mir auch nur von einem jungen Menschen wie Ihnen gestellt werden. Wie es weitergehen soll? Ich danke einfach Gott für jeden Tag, den ich noch lebend auf dieser Welt verbringen darf, mit meiner lieben Marlene an der Seite. Mehr ist da nicht mehr. Leben Sie wohl!

Ausgeklungen

Samuel Weiss fühlte in diesem Augenblick, wie machtlos er war. Ja, selbst die zusätzlich stattgefundene polizeiliche Verwanzung am Zürichsee beim Wollishofener-Hafenbecken im vor sich hin dümpelnde Segelschiff des Staatsanwaltes sei abgebrochen worden, murmelte der Häfliger am Schluss noch vor sich hin. Weiss spürte wie unsicher er dabei geworden ist: Ob es besser wäre, diese Geschichte im Dunkeln belassen, oder ob es vielleicht doch heilsamer ist sie ans Licht bringen? Wie recht dieser von der Regionalpolizei Zürich verstossene Sittenpolizist Häfliger hatte. Er war nur ein Winzling, verloren in einer kalten, rechtsstaatlichen Maschinerie. Ja verloren und allein stand man da. Tränen liefen Samuel Weiss über die Wangen, sogar seinen Blick musste er senken, als ihm dieser sichtlich von Krankheit gezeichnete alte Mann mit zittriger Langsamkeit liebevoll die kraftlose Hand zum Abschied entgegenstreckte.

Ja, Samuel Weiss war bei dieser furchtbaren Geschichte auf Menschen getroffen, die über den eigenen Schatten gesprungen waren. Die über Dinge gesprochen hatten, über die sonst geschwiegen worden wäre. Ihm von dieser leidvollen Geschichte erzählten, erzählten … Nicht erzählen eigentlich, sondern hätten am liebsten dieses am Franz Häfliger begangene Unrecht aus sich herausgeschrieen. Mit reden hofften sie, die Erinnerung daran loszuwerden. Wollten diese Bilder, diese Ungerechtigkeit, diese verborgene Wahrheit wegwischen, sie wie Seifenblasen zerplatzen lassen. Der zersetzenden Kraft des

Schweigens entrinnen. Aber welch ein Irrtum. Die Erinnerung kehrt wieder, immer wieder. Sie schlummert unter der Haut wie ein Abszess, der jederzeit mit viel schmutzigem Eiter aufzuplatzen droht.

Ja, sie müssen sich weiter damit herumquälen, sich gedanklich weiter mit dem Fall beschäftigen, so lange, bis sie der letzte, grosse Schlaf davon erlösen wird.

Nur ein letztes Mal noch hatte der Samuel Weiss dem Franz Häfliger zu helfen versucht, indem er diesen von oben, mit aller Macht, vertuschten Kriminalfall niederschrieb.

Der Philosoph Ludwig Wittgenstein war davon über-
zeugt, dass in Kriminalromanen mehr Philosophie
stecke, als in philosophischen Fachzeitschriften.

Fiktion und Historische Realität
Ein Nachwort

**Diese Geschichte beruht auf einem wahren Fall. Mein
Anspruch war, zu Ehren des Sittenpolizisten Feldweibel Ruedi Urben, diesen Fall literarisch in Form eines
Kriminalromans wiederzugeben. Was tatsächlich
geschah, lesen Sie nun hier:**

Vielleicht hat es in unserem Land noch nie einen solchen
Kriminalfall gegeben. So etwas liess sich auch nicht voraussehen. Und selbst wenn ich es gewusst hätte. Was hätte
es ausgemacht? Trotzdem wäre ich heute nochmals imstande
Polizist zu werden.

Vieles hat sich verändert seither. Ewig her ist das. Doch was
damals in den 90er Jahren geschah, lies mich nie mehr los.
Nichts davon konnte ich vergessen, gar nichts. Schwerer war
dieser schreckliche Fall zu ertragen, als alles andere was ich in
meinem langen Polizeierleben erlebt hatte. Dieser Fall wird
mir sicher noch auf dem Totenbett präsent sein, wenn man
an Dinge aus einer vergangenen Zeit erinnert wird.

An einem Julitag, haargenau vor 24 Jahren war es, als ich
zum ersten Mal davon erfuhr. Es geschah anlässlich eines Ein-
satzes in der Drogenszene am Platzspitz. Ein Frühdienst war

angesagt. Nach der Morgensonne hatte das Wetter gedreht. Der Himmel über der Drogenszene verdunkelte sich. Ein kalter Wind kam auf. Aus dem aufkommenden grau feuchten Gefusel war plötzlich ein starker Regen geworden. Hinzu noch dieses erbarmungswürdige Elend der Drogensüchtigen, so dass man hätte aufschreien mögen. All die vielen verwahrlosten, herumschlürfenden, wankenden, abgemagerten, blassen, hohläugigen Gestalten um uns herum. Eine düstere, eigene Welt. Schlecht auszuhalten war das. Und erst noch dieses Hudelwetter! Vom Himmel schüttete es. Die nasse Kälte drang einem durch die Uniform, durchs Hemd, bis auf die Haut. Völlig durchnässt, müde und ausgelaugt, jegliche Strammheit verloren, fuhren wir zur Mittagspause in die Hauptwache zurück. Die ganze Fahrt über wurde geschwiegen. Die Lust am Sprechen war uns gründlich vergangen. Der Mannschaftswagen hielt direkt vor dem grossen Eingangstor der Hauptwache. Knapp zwei Minuten später betraten wir den Aufenthaltsraum. Ein Geruch von frisch gebrühten Kaffee und abgestandenen Zigarettenrauch lag in der Luft. Draussen blies ein heftiger Wind die Regentropfen gegen die Fensterscheiben. Am langgezogenen Tisch, auf unbequemen, harten Holzstühlen, sassen Einige vom regulären Schichtdienst. Ich schüttelte zwei, drei Kollegen die Hände und sah mich um. In der Ecke bei der Kochnische erkannte man den verdeckten Fahnder der Puma Gruppe Thomas Merz. Ein Zivilist unter lauter Uniformierten. Ein unverdächtig wirkender Mann, mit ruhigem Blick, in Flanellhemd und gebleichten Levis-Jeans, bei dem niemand ein verdeckter Polizeifahnder vermuten würde. Da schien etwas los zu sein! Um ihn herum drängte sich eine interessierte Zuhörerschaft. Alle Augen waren auf ihn gerichtet. Es war schier mit den Händen zu greifen, die Spannung die im Raum herrschte, als der Fahnder Thomas Merz von einem Kriminalfall zu erzählen begann, der nur schwer zu verdauen war.

Um eine hohe, bekannte Persönlichkeit ging es da. Im Zuge von Ermittlungen gegen strafrechtlich relevante Pädophilie sei ein Gerichtspräsident ins Fadenkreuz geraten. Von der Puma-Fahndung erfolgte die Observierung des Richters. Nach geleistetem Einsatz landeten alle Observationsberichte auf dem Schreibtisch des Chefs der verdeckten Puma-Fahndungsgruppe dem Adjutanten Bruno Müggler. Ja, selbst der Chef hatte eine aktive Rolle im Fall übernommen, und in verdeckter Manier ein Foto des Gerichtspräsidenten geknipst. Tragfähige Indizien, Informationen, Erkenntnisse als begründeter Anfangsverdacht deuteten darauf hin, dass der Richter über das Wochenende, vom Zürcher Hauptbahnhof mit dem Schnellzug via Basel nach Paris fuhr, um dort mutmasslichen sexuellen Kontakt mit Knaben, Jugendlichen einzugehen. Die auf Stufe Polizei, Bezirksanwaltschaft getätigten strafrechtlichen Ermittlungen gegen den Gerichtspräsidenten (Beschuldigten) ging derart weit, dass man mit der französischen Polizei in Paris in Kontakt trat und diese um aktive Rechtshilfe bat. Der Plan lautete: Wenn der Richter nach Paris fuhr, dann sollten ihn die Puma-Fahndung beschatten, observieren. In Paris angekommen, sollte die Observation dann dort bereits von dem Schnellzug erwartenden französischen Polizeifahndern übernommen werden. Und sollte sich die Zielperson, der Richter sich in eine strafrechtlich relevante Situation begeben, ein Zugriff erfolgen würde.

Alles war aufgegleist, die französischen Fahnder standen bereit für den Einsatz. Doch dann, wenige Stunden bevor es losging, geschah das Unvorstellbare als die Staatsanwaltschaft Wind davon bekam. Ein Fiasko, um es kurz zu sagen. Noch am

Tag der Parisreise fand ein eiligst in die Wege geleitetes Treffen zwischen dem Fall führenden Bezirksanwalt und einem Oberstaatsanwalt statt. Die laufenden Ermittlungen wurden vom Oberstaatsanwalt per sofort »abgeklemmt« und als beendet erklärt.

Anmerkung:

Jahre später hat der polizeiliche Sittenpolizei-Sachbearbeiter Fw Ruedi Urben, der diesen Verfahrens-Abbruch hautnah vor Ort miterlebt hatte, diesen Vorgang schriftlich festgehalten und wie folgt beschrieben:

»Am Tag der Parisreise hat sich der zuständige Untersuchungsrichter zum Mittagessen mit einem Oberstaatsanwalt getroffen. Dies um sich von diesem explizit bestätigen zu lassen, dass es sich bei der abgelichteten Person (Foto des Gerichtspräsidenten) tatsächlich um die hier zur Frage stehende Person handelte. Nach eingehender Betrachtung der vorgelegten Fotografie, habe der Oberstaatsanwalt erklärt, dass er diese Person nicht erkenne: dies obwohl er beinahe täglich mit diesem in Kontakt gestanden haben soll.

Wie mit genanntem Untersuchungsrichter begab sich Schreibender (Fw Ruedi Urben) zur Lagebesprechung in seinen Amtsraum. Kurz nach 1400 Uhr klingelte das Telefon. Der Untersuchungsrichter nahm den Hörer ab und begrüsste den Anrufer mit: »Herrn Oberstaatsanwalt.« (…). In bemerkenswerten militärischen Ton, so dass ich seine Worte hören konnte, schrie er in die Muschel seines Telefonhörers: »Natürlich handelt es sich um die zur Frage stehende Person. Was fällt ihnen eigentlich ein?« In dem Moment erhob ich meine Hand, um dem Untersuchungsrichter anzudeuten, dass ich jetzt das Büro besser verlassen würde. Das (telefonische) Gegenüber des

Untersuchungsrichters fragte: »Ist noch jemand bei ihnen im Büro?« Der Untersuchungsrichter: »Ja, der polizeiliche Sachbearbeiter!« »Gut so«, der Oberstaatsanwalt, »der soll nur bleiben!« Nun ging es im selben Ton und Stil weiter. Unter anderem erklärte der Herr Oberstaatsanwalt in etwa folgendem Wortlaut: »Sollte sich jemand noch einmal getrauen, nur den kleinen Finger gegen diese Persönlichkeit anzuheben, kann er das Köfferchen packen und gehen!« Somit war klargestellt, dass dieser in wenigen Stunden beginnende Einsatz mit einer Spezialeinheit – und das laufende Ermittlungsverfahren unverzüglich beendet werden musste. Letztendlich musste ja der Fall abgebrochen werden, so dass zu diesem Zeitpunkt keine strafbaren Handlungen nachgewiesen werden konnten. Fazit: »Er ist also sauber!«

Neben diesem rechtsstaatlich höchst fragwürdigen, abrupten Verfahrens-Abbruch konnte man vom verdeckten Puma-Fahnder Thomas März noch erfahren, dass der zuständige Sachbearbeiter in der Sittenpolizei Fw Ruedi Urben nicht nur dabei kläglich im Stich gelassen wurde, sondern darüber hinaus ganz übel schlimm gemobbt werde. Sprichwörtlich: »Der arme Kerl befinde sich körperlich und seelisch total am Anschlag!«

Als der Fahnder Merz geendet hatte, senkte er die Augen und starrte gedankenverloren vor sich hin. Still wurde es, wie in einer Kirche. Erstaunte, fragende Blicke kreuzten sich. Ja, wirklich ein Alptraum war das! Allen schienen ähnliche Gedanken durch den Kopf zu gehen. Warum das? Wie konnte es soweit kommen? Ein Richter der von der Behörde gedeckt wurde. Da wurde mit zweierlei Mass gemessen. Die Worte: Alle sind vor dem Gesetz gleich, waren Betrug. Bei mächtigen Leuten ist vieles möglich. Ein Justiz-Skandal war das! Jawohl! Man regte sich darüber so sehr auf, dass man sich lange nicht mehr beruhigen konnte.

In einer solchen Gemeinschaft wie in einem Polizeikorps bleibt ein solch krasser Fall auf die Dauer kein Geheimnis. Die Nachricht verbreitete sich wie die Druckwelle einer Bombe. Man erfuhr es, man wusste es, jedenfalls die die es wissen wollten.

Als in einem Gotteshaus vereidigter Polizist der sein Gelübde zu Gunsten des Rechtsstaates geleistet hat, ist in seiner Handlungsweise nicht nur für sein Tun verantwortlich. Als Polizist ist man auch verantwortlich was man nicht tut, was man unterlässt, etwa wenn gesetzlich ein Handlungsbedarf, ein Handeln, angezeigt ist.

Erst einmal in diesem Kreis von Mitwissern, von solchen illegalen Geschehnissen hineingeraten, ist man schon halb verloren. Als vereidigter Polizist gerät man hier in einen Gewissenskonflikt. Hin und her gerissen steht man vor der Wahl zwischen, völliger Gleichgültigkeit, die Flucht vor der eigenen Verantwortlichkeit, oder hartnäckigem Handeln, das zweifellos mit anfallenden Schwierigkeiten, ungeahnten Risiken, mit ungewissem Ausgang, damit verbunden ist.

Doch gerade diese Gleichgültigkeit erfüllt einem, mit einem dumpfen Gefühl von Schuld. So etwas lastet auf der Seele, hängt einem ewig nach. So wie eine Art Fluch, der übers ganze Leben hängt. Sicher, ich kann jetzt an dieser Stelle nicht im vollständig umfassenden Sinn von und über meine Dienstkolleginnen und Dienstkollegen und deren Gefühlslage sprechen. Dies masse ich mir nicht an. Doch was meine Person betrifft, geriet ich in eine tiefe, seelische Notlage. Ja, in einem richtigen seelischen Notstand befand ich mich. So tat ich, was der Polizeiberuf von mir verlangte. All dies geschah stets in besten Treu und Glauben. Ein richtiger Entscheid, ansonsten ich seelisch innerlich kaputt, zugrunde gegangen wäre. Auch heute würde ich mich so verhalten. Dazu stehe ich bis an mein Lebensende. Eine Alternative dazu gibt es nicht. Dieses Totschweigen, dieses Wegschauen, in Passivität verharren, das kann ich nicht.

So schrieb in an den Zürcher Stadtrat und Polizeivorstand Robert Neukomm und an den Polizeioffizier, stellvertretenden Kommandanten der Stadtpolizei Zürich Philipp Hotzenkö-cherle einen Brief, bat sie händeringend zu handeln, zudem dem gemobbten Sittenpolizisten Fw Ruedi Urben beizustehen.

Wie wohl jeder noch junge Polizist habe ich damals an die »Korrektheit« unserer Institution geglaubt. Ich ging fest davon aus, dass meine Aufgabe / Auftrag / Bestimmung erledigt zu wissen, wenn ich mich hilfesuchend an unsere Führungsleute wende. Ich ging davon aus, dass in der Kompetenz der ange-schriebenen Führungspersonen nun Alles ordnungsgemäss rechts- und verfahrensmässig seinen weiteren korrekten Ver-lauf nehmen wird. Fehlanzeige! Nichts geschah, nicht einmal eine Antwort erhielt ich.

Anmerkung:
Zum damaligen Zeitpunkt bekundete ich durchaus auch Sym-pathie für den Polizeioffizier Phillip Hotzenköcherle. Er galt damals als einer der aussichtsreichsten Anwärter für den in Kürze freiwerdenden Kommandantenposten. Ich erachtete darüber hinaus, es als meine ihn gegenüber loyaler Pflicht, ihm über diese »gewaltige im Keller des Stapo-Korps vorhandenen Leiche« zu informieren. Noch präsent war zu dieser Zeit die

sogenannte »Spring-Affäre« bei der Kantonspolizei Zürich, die dem dortigen Polizeikommandanten Eugen Thomann die Stelle gekostet hat.

Der Sittenpolizist Fw Ruedi Urben erlitt dann auch einen ganz schlimmen körperlichen und geistigen Zusammenbruch, verbunden mit einer monatelangen Arbeitsunfähigkeit. Eine menschliche Tragödie, die hätte vermieden werden können. Von Seiten des Arbeitsgebers besteht ja eine Art von Fürsorge-pflicht gegenüber den Arbeitnehmern.

Im Herbst 1995, anlässlich meines Streifenwagendienstes bin ich in der Regionalwache Oerlikon, 8050 Zürich, Gubelstrasse 1, der gerade auf Begrüssungstour unterwegs sich befindlichen neu in die Stadtpolizei Zürich eintretenden Polizeioffizierin und Che-fin der Sittenpolizei Oblt Silvia Steiner begegnet. Ich sprach sie an und gemeinsam führten wir unter vier Augen, in einem Büro, ein Gespräch. Das Gespräch eröffnete ich mit der Frage: »Sie Frau Steiner bei uns im Polizeikorps wird überall herumerzählt, dass es sogar Pädophile unter den höchsten Richtern habe?« Ihre selbst für mich ganz spontan überraschende Antwort:

»Ja, ich weiss, der Präsident vom Zürcher Kassationsgericht. Als ehemalige Bezirksanwältin von 1988 bis 1995 habe ich ja auch mit dem Bezirksanwalt Bruno Meier zusammenge-arbeitet, der die Ermittlungen gegen den Gerichtspräsidenten geführt hat.«

Ich bat Oblt Silvia Steiner um Hilfe in der Sache. »Ich bin jetzt schon einige Jahre als Polizist bei der Zürcher Stadtpolizei tätig und habe schon Einiges erlebt. Was hier jedoch passiert ist, kann ich mit meinem Gewissen als Polizisten nicht akzeptie-ren. Es ist auch nicht in Ordnung was man mit dem Fw Ruedi

Urben gemacht hat. Nach meinem Rechtsempfinden liegt hier eine strafrechtliche Begünstigung im grossen Stil vor.«

Leider hat auch Oblt Silvia Steiner überhaupt nichts getan, nichts mehr von sich hören lassen. Etwa ein halbes Jahr später, anlässlich einer Fachtagung begegnete ich erneut Oblt Silvia Steiner. Ich sprach sie nochmals darauf an und bat: »Frau Steiner bitte helfen sie doch, tun sie etwas, hier ist ein grosser »krimineller Vertuschungs-Chrampf« geschehen!« Doch Oblt Silvia Steiner liess mich kühl, desinteressiert abblitzen.

Ich habe diesen drei Personen (Neukomm / Hotzenköcherle / Steiner) erneut einen Brief geschrieben, sie um Hilfe gebeten, zu handeln, doch ohne Reaktion.

Anmerkung:

Es muss einem bewusst sein, nach so langer Zeit die inzwischen vergangen ist, ist es keine einfache Sache, noch Alles aus der Erinnerung mit einer absoluten Präzision wiederzugeben. Ein Ding der Unmöglichkeit. Auch eine allzu grosse anstrebende Detailversessenheit würde den textlichen Rahmen sprengen.

Zudem muss auch auf mein stets sich nicht versteckendes, offenes Verhalten, offenes Wesen, hingewiesen werden. Vor allem in der Anfangsphase habe ich meine Linien-Vorgesetzten Wachtchefs, Kreischef, stets über mein Tun, in der Sache, davon in Kenntnis gesetzt. Doch helfen konnten sie nicht. Deren Worte lauteten ungefähr so: »Ja, das ist nicht richtig was da geschah. Das Verhalten dieser drei Personen ist nicht korrekt. Wir nehmen an, dass diese Drei halt Angst vor einer solchen delikaten Sache haben und sich keiner die Finger dabei verbrennen möchte. Niemand will sich halt mit dieser heiklen Sache anlegen.« Damit erschöpfte sich deren Unterstützung.

Doch »nur« mit solchen lauwarmen abgegebenen Worten, reine Worthülsen, kommt man nicht weiter.

Zu diesem Zeitpunkt war ich mit meinem Latein am Ende. Es wäre von meiner Seite auch nicht weitergegangen, hätte mir nicht mein ehemaliger Strafrechtslehrer aus der Polizeischule, ein Jurist Lic. iur. Jean-Daniel Zwahlen den Ratschlag erteilt:
»Schreiben Sie einen eingeschriebenen Brief an den Zürcher Gesamtstadtrat. Dort werden alle eintreffenden Schreiben bei ihrem Eingang notiert, dokumentiert und festgehalten. So kann es nicht mehr geschehen, dass man ihre Briefe innerhalb der Stadtpolizei Zürich einfach verschwinden lässt.«

Gesagt, getan. Eine Reaktion die zum ersten Mal Wirkung zeigte. Ich wurde direkt ins Büro zum Polizeikommandanten, Oberst Heinz Steffen kommandiert. Mit am Treffen dabei, Chef Rechtsdienst Hptm Basil Müller, während dem Gespräch dauernd eifrig Notizen machend, doch »stumm bleibend wie ein Fisch«. Nach einem gewaltigen »Anschiss« durch Oberst Steffen, wie enttäuscht er von meinem Verhalten als Polizist sei, teilte dieser mir mit, dass der Stadtrat das Kommando der Stadtpolizei Zürich im Fall beauftragt hat, eine Untersuchung durchzuführen. Mein Einwand, dass nur eine unabhängige Stelle dafür in Frage käme, blieb ohne Gehör. Bei der Verabschiedung stellte ich Hptm Basil Müller noch die Frage: »Herr Müller was denken Sie über diesen Gerichtspräsidenten-Fall? Da ist doch wirklich eine happige Sache passiert?« Hptm Basil Müllers Antwort: »Zum gegenwärtigen Zeitpunkt möchte ich weder einen Kommentar, noch jetzt eine Stellungnahme abgeben.«

Anmerkung:

Spätestens nach dem »Meier 19 Fall«, einem Zahltags Diebstahl aus einem Tresor innerhalb eines Büros der Stadtpolizei Zürich, die Täterschaft konnte nie ermittelt werden, aus den 60ziger Jahren besteht die Erkenntnis, dass ein Polizeikorps nicht in eigener Sache gegen sich selber ermitteln soll. Darüber hinaus waren nebst der Polizei auch noch die Bezirksanwaltschaft und die Staatsanwaltschaft aktiv in diesem Fall involviert. Eine seriöse, objektive, umfassende Untersuchung beinhaltet, dass alle involvierten Verfahrensbeteiligten miteinbezogen müssen. Aspekt: Rechtliches Gehör.

Etwa hätte die Untersuchung ein aussenstehender, unvoreingenommenen ausserordentlicher Staatsanwalt leiten, oder man hätte eine Parlamentarische Untersuchungskommission (PUK) ansetzen können.

Bei der Stadtpolizei Zürich und in deren Zürcher Stadtverwaltung wimmelt es ja nur so von gut bezahlten Juristen die vorwiegend auf Führungsstufe (Polizeioffizier Stelle) ihrer Arbeit nachgehen. Deshalb völlig unverständlich ein solches Verhalten! Juristen denen die notwendige fachliche Kompetenz fehlte. Als kleiner Basis-Polizist habe ich mich fast etwas fremdgeschämt, über einen derartigen Dilettantismus. Eine juristische Bankrotterklärung war das, zu der man nie Stellung bezogen hat.

Im Klartext: Diese Juristen waren inkompetent oder sie waren mit Vorsatz kriminell, mit ihrer angewandten Strategie von Verschleierung bzw. Vertuschung des Falles.

Oblt Silvia Steiner die neue Chefin der Sittenpolizei, war diejenige, welche man beauftragte die Untersuchung durchzuführen.

Im Namen des Stadtrates vom Zürcher Stadtpräsident erhielt ich ein Antwortschreiben.

Hier ein kurzer Auszug von den mir am wichtigsten erscheinenden Antwortsätzen:

Der Vorsteher des Polizeidepartements hat das Kommando der Stadtpolizei mit einer internen Untersuchung beauftragt. Der Stadtrat hat aufgrund der Berichterstattung durch Herrn Stadtrat Robert Neukomm und gestützt auf die eingeholten Stellungnahmen der betroffenen Polizeistellen davon Kenntnis genommen, dass die von Ihnen genannten polizeilichen Ermittlungsverfahren korrekt geführt wurden …

Der Stadtrat hat zudem Kenntnis genommen, dass die von Ihnen ausführlich wiedergegebenen Informationen lediglich die Qualität von Gerüchten haben und bis heute keinen Beweischarakter aufweisen bzw. nicht verifiziert sind.

Da auch nach sorgfältiger Prüfung aller Unterlagen und Fakten keine rechtsgenügenden Anhaltspunkte für eine allfällige Begünstigung oder ein unkorrektes Ermittlungsverfahren zu finden sind …

Nicht allzu lange dauerte es, um zu der Erkenntnis zu gelangen, dass in dieser Untersuchung schwerwiegende Fehler, Verfahrensmängel, Unterlassungen unterlaufen sind. Und wirklich, stetig mehr kamen neue gravierende Mängel, Ungereimtheiten, Widersprüche, Fragen, zu Tage.

Insbesondere hätte man die Untersuchung nicht der Polizei-offizierin Silvia Steiner überlassen dürfen. Sie hätte zumindest in den Ausstand treten müssen, da sie vorgängig in diesem Fall mutmasslich ihre Amtspflicht verletzt hat.

Weder bei der Sittenpolizei mit deren Sachbearbeitern, bei der verdeckten Puma-Fahndung, Detektiven die im engeren und weiteren Umfeld des Falles in irgendeiner Form tätig bzw. involviert waren, Leute die wertvolles Insiderwissen besassen, wurden gar nicht kontaktiert, nicht angefragt. Leute die mehr Licht in dieses Dunkel hätten bringen können. Der Wahrheit näher zu kommen. Warum wurde da nicht nachgegangen? Selbst der stellvertretende Fachgruppenchef der Sittenpolizei Josef Scheuber wusste nicht einmal das es eine solche Unter-suchung gegeben hat, wie er dies mir kurz vor seiner Pension anlässlich eines Telefongespräches mitteilte.

Zwischen der Polizeioffizierin Silvia Steiner und dem Sitten-polizisten Fw Ruedi Urben fand nur ein ganz kurzes oberfläch-liches Treffen statt, indem Oblt Steiner ihm die Frage gestellt hat, ob er bei sich Privat noch irgendwelche Akten bei sich habe bzw. aufbewahren tue? Viel mehr war da nicht. Dabei hätte der Fw Ruedi Urben so viel zu erzählen gewusst, und es auch gewollt.

Es wurde kein rechtliches Gehör gewährt.

Einen meinen stetig immer wieder neu, erweiterten, aktuali-sierten Bericht sandte ich auch an das Zürcher Bezirksgericht. Von dieser Stelle wurde der Bericht an das Zürcher Oberge-richt weitergeleitet.

Der damalige Obergerichtspräsident Dr. H. A. Müller beauftragte einen ihm untergebenen juristischen Sekretär als Antwort eine schriftliche Stellungnahme zu schreiben und diesen mir zukommen zu lassen. Im Antwortbrief bzw. in der Stellungnahme wurde mir sinngemäss mitgeteilt, dass über den Gerichtspräsidenten-Fall keine Akten (mehr) auffindbar seien. Ja, nicht einmal Etwas, ein Aktenstück, dass in irgendeinem Zusammenhang mit dieser Person (Gerichtspräsident) steht.

Keine Akten! Ein Wahnsinn!

Nicht einmal die Akte einer formell, korrekten, juristisch begründeten Nichtanhandnahme konnte in den Archiven gefunden werden. Da das Zürcher Obergericht auch nicht Oberaufsichtbehörde der Stadtpolizei Zürich sei, sehe man keinen Handlungsbedarf.

Man bedenke: auf Stufe Polizei und Bezirksanwaltschaft gegen eine Person, eine bekannte, hohe Amtspersönlichkeit, getätigte Ermittlungen, die mutmasslich auf eine rechtsstaatlich fragwürdige Art und Weise von Seiten der Zürcher Staatsanwaltschaft abrupt gestoppt, »abgeklemmt« bzw. eingestellt wurde, und über den ganzen Fall sind keine Akten einsehbar, nicht vorhanden.

Eine rechtsstaatliche Ungeheuerlichkeit!

Anmerkung:
Bei der Polizei und der Justiz in der Schweiz besteht eine »Dokumentationspflicht«. Wenn zum Beispiel einer Person ein Fahrrad gestohlen wird und der Geschädigte bei der Polizei eine Anzeige erstattet, so wird vom zuständigen polizeilichen

Sachbearbeiter ein zweiseitiger Diebstahlsrapport erstellt. Gleiches gilt für die Justiz! Ob ein Urteil, einen Strafbefehl, einen Freispruch, eine Einstellung des Verfahrens, eine Nichtanhandnahme, eine gerichtlich angeordnete Zwangsmassnahme, selbst eine »wichtige« Sitzung muss protokolliert werden. Alles muss dokumentarisch, aktenmässig, oft juristisch begründet, formuliert, niedergeschrieben werden, einsehbar sein und aufbewahrt bleiben.

Irritierend ist, dass eine ausgebildete Juristin (Silvia Steiner) bei der fehlenden Aktenlage, darin keine rechtsstaatlichen Unkorrektheiten erkennen konnte (oder wollte). Damit wurde die in der Strafprozessordnung festgehaltene Aktenführungs- und Dokumentationspflicht verletzt, den Parteien das rechtliche Gehör nicht gewährt. Bereits hier sind einige Straftatbestände erfüllt. Und wie sollte die Juristin Silvia Steiner gleichwohl überprüfend herausgefunden und bewiesen haben, dass im Übrigen alles rechtsstaatlich korrekt abgelaufen sei?

Gleiches muss auch für den vom Zürcher Stadtrat an das Kommando der Stadtpolizei Zürich in diesem Fall beauftragten Untersuchung gelten. Auch hier muss die Untersuchung mit seinem Ergebnis in Form eines Untersuchungsberichtes dokumentarisch vorhanden und einsehbar sein. Auch wenn es sich »nur« um eine interne Untersuchung gehandelt hat, so muss auch eine solche den Anforderungen von rechtsstaatlichen Prinzipien genügen. Der Zürcher Stadtrat liegt hier in der Verantwortung, einen solchen Untersuchungsbericht als korrekt angenommen bzw. abgenommen zu haben.

Anmerkung:
Auch wenn hier an dieser Stelle, die von hohen Amtsträgern mutmasslich begangenen Amtspflichtverletzungen, nicht entschuldbar sind. So gestatte man mir an dieser Stelle, den Versuch mit einigen Worten zu erklären, was für besondere Umstände es dazu braucht, ein solches Verhalten zu begünstigen.

Auch im Rechtsstaat Schweiz gibt es immer wieder Fälle, wo systematisch mit ungleichen Ellen gemessen wird. Insbesondere dann, wenn politische Motive mit ins Spiel kommen. Dann, wenn es zu einer »Hochpolitischen-Angelegenheit« wird. Fälle, wo so viele höchstgestellte Leute, Amtsträger darin verwickelt sind, da wo unheilvolle Seilschaften bestehen, die wie eine unüberwindbare Mauer durch dick und dünn zusammenhalten. Da wo solches Machtpotential aufkommt, werden solche Fälle mit Erfolg verschleiernd, vertuschend unter dem Deckel gehalten. Die Schuldigen unangetastet, unangreifbar in Amt und Würde verbleibend.

So bleibt die Frage: Wie ist Effektivität des Rechts gegenüber solchen Machtstrukturen herzustellen? Hier liegt ein Grundproblem. Doch die Analyse von Machtstrukturen liegt wohl ausserhalb des Feldes der Rechtsphilosophie.

Angaben zur Person des Gerichtspräsidenten
Hierbei handelte es sich um einen intelligenten, hochbegabten Juristen aus einem sehr wohlhabenden Adelsgeschlecht und in der Graubündner und Zürcher Prominenz stets ein gern gesehener Gast. Speziell an dieser Person war, ohne sich die Mühe zu machen es zu verbergen, bekannte er sich in seinem privaten

und beruflichen Umfeld offen zu seiner Neigung zur »Knaben-liebe«. Selbst an seinem Arbeitsplatz, bei Gericht, erzählte er freimütig von seinen Ausflügen nach Paris schwärmte sinnge-mäss von den »Bueblis«.

Nach Erscheinen meines Krimis: Schlimmer Verdacht, begann der Journalist Res Strehle vom Tages-Anzeiger, eine der grössten Tageszeitungen in der Schweiz, in diesem Fall zu recherchieren. Dabei bestätigte er in einem von ihm geschriebenen Artikel im Tages-Anzeiger, dass es diese polizeilichen Ermittlungen gegen den Gerichtspräsidenten gegeben hat. Tatsache ist! Im Artikel hielt der Journalist Res Strehle u.a. wortwörtlich fest:

Die Fahnder der Gruppe Puma observierten und fotografier-ten ihn zeitweilig auf seinen Wochenendreisen nach Paris … und: … von einem Gerichtspräsidenten, der aus seinen sexuel-len Abenteuern mit Jugendlichen in Pariser Bordellen nie ein Geheimnis machte. Erotisch tätig, zu den Knaben und Jugend-lichen hingezogen, hiess es über ihn.

Ausserhalb des Zeitungsartikels erfuhr ich von Res Strehle noch von folgenden Begebenheiten: Etwa, dass der Gerichts-präsident einmal im Pariser zwielichtigen »Zuhälter-Milieu« zusammengeschlagen worden ist. Da der Gerichtspräsident auch sehr engen Kontakt mit der katholischen Kirche, Klöster, hohen Geistlichen unterhielt bzw. in Beziehung stand, wurde ihm einmal von einer Person die Frage gestellt: »Wie könne er sein sexuelles Verhalten mit der katholischen Religion, sei-nem Glauben, vereinbaren?« Diese Frage sei dann einfach vom Gerichtspräsidenten lachend, spottend, mit einigen blöden Sprüchen »abgeschmettert« worden.

Ebenso sei anlässlich der Verfahrens-Einstellung die schrift-liche Korrespondenz mit der französischen Polizei, zum Vor-schein gekommen bzw. noch vorhanden gewesen.

Barbara Kluge die ebenfalls auf meinen Krimi Schlimmer Verdacht, aufmerksam wurde und daraufhin mit mir in Kontakt trat, hat mich in meinem Anliegen in dankenswerter Weise unterstützt. So hatte sie mir die Möglichkeit verschafft, anlässlich einer politischen SVP-Ortstagung auf Gemeindeebene in Meilen, einen Vortrag über meinen Krimi und seinen Hintergrund, halten zu dürfen. Barbara Kluge die über ein grosses Beziehungsnetz verfügt, schrieb: von einem Treffen mit einem ehemaligen SVP Nationalrat und dass sie lange über das Buch und Silvia Steiner und Konsorten gesprochen haben. Er (ehemalige Nationalrat) kannte den Gerichtspräsidenten persönlich und ihm erschienen die Anschuldigungen glaubhaft. Er erzählte das der Besagte (Gerichtspräsident) sogar öffentlich Sprüche klopfte über seine Vorliebe zu kleinen Buben.

Barbara Kluge abschliessend ihre Meinung kundtun: »Wenn man sich das vorstelle, könnte man gleich kotzen …!«

Wie man sieht, diverse solche und ähnlich praktisch »deckungsgleiche« Nachrichten, Mitteilungen, erreichten mich nach der Herausgabe meines Kriminalromans.

Ein richtiger Hass aus der Homosexuellen-Szene schlug dem Richter entgegen, dessen Neigung und sein Verhalten auch in diesen Kreisen nicht verborgen blieb.

Ob am Arbeitsplatz bei Gericht, privat oder auf Prominententenparty. Man hörte zu, man erfuhr es, man wusste es. Aber es geschah nichts. Keiner tat etwas. Man nahm es hin, sah darüber hinweg und drückte beide Augen zu.

Grösster erlebter Lichtblick in der Sache

Einige Monate nach Herausgabe meines Kriminalromans: Schlimmer Verdacht, rief mich der Zürcher Anwalt Thomas Fingerhuth während meines Dienstes auf der Polizeiwache an. Sehr erstaunt war ich erstmals, als mich der Anwalt fragte, ob ich der Autor der den Krimi: Schlimmer Verdacht, geschrieben habe, sei? Ich bejahte und erfuhr, dass er (Anwalt Thomas Fingerhuth) in den 90er Jahren, zu jener Zeit der Ereignisse beim Zürcher Kassationsgericht als juristischer Sekretär unter dem Gerichtspräsidenten gearbeitet habe. Anwalt Thomas Fingerhuth sinngemäss: »Für mich war der Gerichtspräsident der begnadetste, intelligenteste, ja beste Jurist, den ich je kennen gelernt hatte.« Weiter erfuhr ich: nachdem Herr Fingerhuth das Zürcher Kassationsgericht verlassen hatte, er als Anwalt tätig wurde. Auch weiterhin zu der Familie des Gerichtspräsidenten in Kontakt stehend. Und nach dem Tod des Gerichtspräsidenten von den Angehörigen als Anwalt beauftragt wurde, bei der Erbteilung behilflich zu sein. Nun seien die familiären Erben auf meinen Krimi gestossen und haben ihn angefragt, ob die Möglichkeit besteht, den Opfern eine materielle, finanzielle Genugtuung, Entschädigung, Wiedergutmachung, zukommen zu lassen. Mit diesem Anliegen sei er nun zu mir gekommen. Meine Antwort: »Das ist eine sehr ehrenwerte Sache, ein bewundernswertes Verhalten von Seiten der Angehörigen. Doch das Ganze hat sich ja in Frankreich, in Paris, abgespielt, und die Ermittlungen gegen den Gerichtspräsidenten sei vom damaligen Oberstaatsanwalt Marcel Bertschi frühzeitig abgebrochen, per sofort abgeklemmt worden. Und dies wenige Stunden bevor, die zum Einsatz bereit gestandenen französischen Fahnder, aktiv hätten werden können. Demzufolge habe man dem Gerichtspräsidenten nichts strafrechtlich relevantes nachweisen können. Und somit blieben mutmassliche Opfer namentlich unbekannt. Ohne namentlich bekannte

Opfer (Geschädigte) ist auch keine materielle, finanzielle Wiedergutmachung möglich.

Nichtsdestotrotz, das Verhalten der Angehörigen verdient in höchstem Masse Respekt, grösste Hochachtung. Es gibt Fälle wo das engste familiäre Umfeld tiefer in den Menschen blicken kann, mehr von seinem Verhalten, mehr von seinen Taten Bescheid weiss, als dies bei strafrechtlichen Ermittlungen je möglich sein wird. Dies war mit Abstand, mein grösster, erlebter Lichtblick in diesem Fall. Angehörige eines ehemaligen Beschuldigten in einer gelebten Vorbildfunktion. Und dies in solch starkem Masse, wie man es praktisch nie erlebt. Meine grösste Hochachtung gilt den Familienangehörigen, diesen Menschen, die ja gar nichts dafür können, und unter dem Verhalten ihres Familienmitgliedes mit Sicherheit sehr stark darunter zu leiden hatten. Nach diesem Telefongespräch war ich jedenfalls emotional ziemlich aufgewühlt.

Ein grosses Dankeschön gilt auch allen integren, aufrechten Polizisten, verdeckten Fahndern, Detektiven, Sittenpolizisten, Kripo-Sachbearbeiter im Kinderschutz, die gegen den Strom der operativen und politischen Polizeiführung geschwommen sind und mich kenntnisreich mit wichtigen Informationen, Fakten, Details, persönlich ins Bild gesetzt haben, so dass es mir überhaupt möglich war, den Kriminalroman: Schlimmer Verdacht, zu schreiben.

Neben dem ehemaligen verdeckten Puma-Fahnder Thomas Merz muss an dieser Stelle Peter Hoff in dankbarster Weise hervorgehoben werden. Als Detektiv wechselte er damals zur Kinderschutzgruppe der ersten Stunde.

Nachdem die so erfolgreich gestartete, im Teamwork bestens funktionierende und harmonierende Kinderschutzgruppe mit

Peter Hoff, Roland Betschart, Ingrid Müller und Doris Stieger durch die neue Chefin der Sittenpolizei Oblt Silvia Steiner personell kaputtgemacht, ja richtiggehend zerstört worden ist, und sie das Team komplett ausgewechselt hat, trat Peter Hoff zur Kantonspolizei Zürich über, wo er seinen Dienst bis zu seiner Pensionierung in der Kripo-Fachgruppe Leib und Leben versah.

Angaben über die Person des Sittenpolizisten Fw Ruedi Urben

Ein bei der Kriminalpolizei hervorragender Sittenpolizist und erfolgreicher Spezialist im Kampf gegen straffällig gewordene Pädophile und deren Netzwerke. Etwa 70 umfangreiche anspruchsvolle Ermittlungsverfahren wurden durch ihn durchgeführt. Fest steht, dass bei etwa 68 Pädophile gegen welche Fw Ruedi Urben Ermittlungsverfahren durchgeführt hatte, gerichtlich verurteilt worden sind. Dies zumeist mit mehrjährigen zum Teil unbedingten Gefängnisstrafen, wobei ein Teil der Straftäter nach ihrer Haftverbüssung verwahrt wurden.

Auf Unterstützung von oben bzw. seinen Vorgesetzten konnte er nicht zählen. Im Gegenteil ihm wurden während seiner Arbeit immer wieder Steine (Behinderungen) in den Weg gelegt. Bereits zu der Zeit als für den Feldweibel das bearbeitende Fachgebiet der Pädophilie mehr oder minder Neuland war, musste er die zusätzlich angeschaffte Fachliteratur aus der eigenen Tasche bezahlen, da die Fachgruppen- und die Kommissariats Leitung dies nicht als notwendig bzw. überflüssig hielt. Durch Literatur und Praxis entwickelte er sich bis zu seinem Zusammenbruch, zu einem hervorragenden Fachmann auf dem Gebiet im Kampf gegen Pädophilie-Straftäter, und wurde von in- und ausländischen Untersuchungs- und Polizeibehörden sehr geschätzt. Auch wurde Fw Ruedi Urben beispielsweise mehrmals als Sachverständiger bei untersuchungsrichterlichen und polizeilichen (ausser kantonal) Befragungen von Straftätern beigezogen. Auch erhielt er von der Bezirksanwaltschaft Zürich die Kompetenz, Einvernahmen mit Rechtsmittelbelehrungen durchzuführen; dies anlässlich einer Befragung eines Straftäters durch Chefbeamte der britischen Polizei mit der Kompetenz eines Untersuchungsrichters. Seine Vorgesetzten inklusive Offiziere hielten es mehrmals nie für notwendig, die ausländischen Gäste bzw. Polizeioffiziere zu begrüssen. Selbstverständlich war der Fw Ruedi Urben auch noch da, für diese Leute ausserhalb der dienstlichen Angelegenheiten Gastgeber zu spielen. Dies mit allen finanziellen Verpflichtungen. Obwohl Fw Ruedi Urben seine anfallenden Arbeiten bzw. seine Ermittlungsverfahren nur mit erheblichen Überstunden bewältigen konnte, wurde er von seinen Vorgesetzten darüber hinaus nebst üblichen sittenpolizeilichen Dienst, Postendienst, Tagdienst, Nachtdienst, Nachtpatrouillen, Fahndungsdienst, etwa um ausländische Prostituierte festzunehmen und der Bezirksanwaltschaft Zürich wegen Widerhandlung ANAG zuzuführen, zusätzlich dazu abkommandiert. In einem Pädophilen-Fall stand am frühen Morgen, um 0800 Uhr, ein Termin mit dem für den Fall zuständigen Untersuchungsrichter an. Trotzdem wurde der Fw Ruedi Urben von seinen Vorgesetzten die Nacht zuvor für einen Nachtdienst (Sittenpatrouillendienst) abkommandiert, so dass er den vereinbarten Termin beim Untersuchungsrichter nicht wahrnehmen konnte. Dies sehr zur Unzufriedenheit des Untersuchungsrichters, als dieser vom Grund des geplatzten Termins erfahren hat. Auch was die Arbeitsinfrastruktur anbelangte, musste Fw Ruedi Urben oft unter prekären Bedingungen seiner Tätigkeit nachgehen, dagegen ankämpfen. Einmal fehlten für ihn Büroräumlichkeiten, dann musste er immer wieder erneut die Büroräumlichkeit wechseln »herumzügeln«. Akten welche von zwei Staatsanwälten und drei Polizeioffizieren (2 Stadt und 1 Kanton) als geheim/streng vertraulich bezeichnet worden sind, hätten demzufolge auf dem Flur in unverschliessbaren Behältnissen eingelagert werden sollen usw..

Anmerkung:

Wenn man einen so hervorragenden Polizisten derart im Stich lässt, ihm nicht die volle Unterstützung gewährt, so ist dies gravierend. Man kann auch ganz in subtiler Form die Ermittlungsmöglichkeit eines Kripo-Sachbearbeiters so kanalisieren, dass ihm die Möglichkeit genommen wird, etwa von der Zeit her, wunschgemäss gegen straffällige Pädophilie und ihre bestens vernetzte Organisationen vorzugehen. Man gewährt ihm einfach zu wenig Unterstützung, kommandiert ihn zu anderen Aufgaben ab, wie zum Postendienst, Nachtdienst, Patrouillendienst, Arrestanten Behandlung usw..

Eine kriminalpolizeiliche Organisation muss kriminalistisch – funktionshierarchisch ausgerichtet sein. Kriminalistische Arbeit, nicht nur kriminalistisches Denken, ist weit weniger formalistisch angelegt als dies beim sicherheitspolizeilichen Führungsprozess (Uniformpolizei) zum Tragen kommt. In erster Linie ist hier die Organisation und das Führungssystem dazu da, einem Kripo-Sachbearbeiter optimale Arbeitsbedienungen zu schaffen und zu erhalten. Auf den Punkt gebracht heisst das: Unterstützen und Helfen statt Kommandieren.

Was der Fw Ruedi Urben während seiner Zeit als Spezialsachbearbeiter Pädophilie für den Kinderschutz zugunsten von Kindern geleistet hat ist enorm.

Nach seinem körperlichen und geistigen schweren Zusammenbruch, wurde als Fortsetzung seiner Arbeit eine vierkopfstarke Kinderschutzgruppe gegründet bzw. ins Leben gerufen.

Von oben angeordnete Isolation nach seinem Zusammenbruch

Wenn in einem Polizeikorps ein Mensch einen schweren Unfall hat, eine lebensbedrohliche Krankheit erleidet, was eine längere Abwesenheit etwa einen Spitalaufenthalt nach sich zieht, so wird in der Regel intern darüber informiert, sei es zum Beispiel in einem Abteilungsrapport. Dank dieser Information erfahren auch nicht wissende Kolleginnen und Kollegen davon. Dadurch kann man im kameradschaftlichen Sinn dem Betroffenen ein Genesungskärtchen senden oder einen Krankenbesuch abstatten.

Ganz anders hat man sich beim Fw Ruedi Urben verhalten. Er ist nach seinem psychischen Zusammenbruch von oben gänzlich abgeschottet und isoliert worden. Praktisch keine Chancen für Kontaktinteressierte. Dies so bestätigt hat Peter Hoff, Sachbearbeiter der Kinderschutzgruppe der ersten Stunde.

»Zuerst war es uns untersagt und anschliessend hat man uns mit Unwahrheiten von einem Besuch ferngehalten.« Stets hat's geheissen: »Es wird nicht erwünscht, dass man mit R. Urben Kontakt aufnimmt. Man soll ihn in Ruhe lassen. Man wolle bei ihm keine alten Wunde aufreissen.«

Selbst diese Worte kamen aus dem Mund der Polizeioffizierin Silvia Steiner anlässlich des gemeinsamen Gesprächs in einem Büro, in der Regionalwache Oerlikon. Als ich mich über den gesundheitlichen Zustand von Fw Ruedi Urben fragte, mich erkundigte. Oblt Silvia Steiner: »Kontakt zu ihm? Nein, nicht! Dass würde bei ihm nur alte Wunden wieder aufreissen.«

Unsäglich, zynisch dieser Spruch aus dem Mund einer Polizeioffizierin. Bedenkt man, dass der Fw Ruedi Urben gerade während dieser Zeit, mit viel Kraft noch einen jahrelangen, substanzkostenden Kampf für seine Rehabilitation führen musste.

Direkt peinlich wurde es, als dieser dümmliche Oblt Silvia Steiner Spruch von: keine alten Wunden aufreissen, selbst untere, kleine Basispolizisten wie gut dressierte Papageien nachplauterten. Schon eine einfache Art, sich als Mitwisser, so aus der Verantwortung zu stehlen.

Nach seinem in den Jahren 1989 bis 1994 erlittenen Mobbing in der Sittenpolizei musste Fw Ruedi Urben noch bis ins Jahr 1998 quasi gegen seinen Arbeitgeber, die Stadt Zürich, kräfteaufreibend kämpfen, bis endlich das Kommando der Stadtpolizei Zürich das erlittene Mobbing eingestand, und ihm dafür eine Entschädigungssumme von Fr. 11.000.– zusprach, ihm diesen Betrag ausbezahlte.

Das ist ein dermassen unverschämt, beschämend kleiner Geldbetrag, für eine ruinierte Gesundheit, von der sich Fw Ruedi Urben nie mehr richtig erholte.

Auf Stufe Stadtrat und Polizeiführung schreckte man nicht einmal vor einem lügenhaften Intrigantentum zurück.

Während der Zeit meiner ersten Eingaben, Briefe, schriftlichen und mündlichen Hilfeersuchen bei den hohen Führungspersonen bestand keinerlei Kontakt zwischen mir und dem Sittenpolizisten Fw Ruedi Urben. Für mich spielte es bei einem so arg schlimm, gemobbten Polizisten auch nie eine Rolle, ob dieser nun Urben, Meier oder Müller oder sonst wie heisst. Sich für einen solchen gemobbten Menschen, Polizeikollegen, einzusetzen, galt einzig meine Devise.

Im Antwortbrief des damaligen Zürcher Stadtpräsidenten Josef Estermann war u.a. der Satz zu lesen:

»Da auch nach sorgfältiger Prüfung aller Unterlagen und Fakten keine rechtsgenügenden Anhaltspunkte für eine allfällige Begünstigung oder ein unkorrektes Ermittlungsverfahren zu finden sind, müsste eine weitere Publizität gegenüber dem betroffenen Mitarbeiter (Fw Ruedi Urben), welcher sich von ihrem Vorstoss ausdrücklich distanziert als unverantwortlich bezeichnet werden.«

Zu einer persönlichen Kontaktaufnahme, respektive Treffen zwischen mir und Fw Ruedi Urben wäre es vielleicht auch nie gekommen. Dass dies dennoch geschah, ist auf folgende sich ergebende Begebenheit zurückzuführen. Als sich Fw Ruedi Urben für eine Herzoperation ins Spital begeben musste. Ich befand mich gerade an der Arbeit in der Schwamendinger-Polizeiwache als das Telefon läutete. Ich nahm ab und war gross erstaunt und überrascht Ruedi Urben persönlich am Telefon zu haben. Dabei teilte er mir mit: »Ich befinde mich gerade im Spital stehe vor einer Herzoperation. Ich habe vernommen, dass Du dich für mich eingesetzt hast und dafür möchte ich mich bei Dir bedanken. Ja, vor der Herzoperation möchte ich noch die Gelegenheit wahrnehmen, mich bei Dir zu bedanken.«

Zu einem späteren Zeitpunkt habe ich den Ruedi Urben auf den Zürcher Stadtpräsidenten-Brief angesprochen, worin stand, dass er sich von meinem Vorstoss (zu seinen Gunsten) ausdrücklich distanziert. Darauf schüttelte Ruedi Urben den Kopf und gab mir zur Antwort:

»Ach was! Mir haben sie im Gegenzug vorgeworfen, dass ich einen jungen Polizisten (ich) für die eigenen Zwecke instrumentalisiere, benütze und missbrauche. Ich habe daraufhin nur ehrlich geantwortet, dass ich vom Einsatz, Eingaben für meine Person durch den Polizisten Peter Mathys nichts gewusst habe. So war es gewesen.«

Ein solches Verhalten wirft kein gutes Licht auf die Verantwortlichen.

Selbst im polizeiinternen Stapo-Telefonbuch hat der Name Urben Ruedi nach seinem Berufsende unter der darin aufgeführten Pensionierten Liste gefehlt. Erst als ich im Nachhinein mit einem Bericht beim Personalwesen (Büro/Besoldungen/ Mutationen) energisch vorstellig geworden bin, hat man auf löbliche, unkomplizierte Art und Weise Ruedi Urben ins Pensionierten Verzeichnis aufgenommen.

Auch der finanzielle Aspekt darf dabei nicht vergessen werden. Auch hier musste Ruedi Urben kämpfend seine Interessen vertreten, auf seine sich ergebenden erhebliche finanzielle Nachteile hinweisen. So schrieb er:

»Nebst meiner Erkrankung, an welcher meine Familie und mein Bekanntenkreis erheblich zu leiden hat, kommt, dass ich mich noch mit den sehr komplexen Versicherungsfragen, wie AHV (Altersrente), IV (Invalidenrente), Pensionskasse usw. befassen muss. Bereits jetzt steht fest, dass mir durch den Verlust des Feldweibel-Grades (dieser wurde dem Ruedi Urben trotz gegenteiligem Versprechen von oben nach dem Ausscheiden aus der Sittenpolizei weggenommen bzw. er wurde im Grad zurückgestuft), eine erhebliche Rentenkürzung (IV/ AHV-Witwenrente, Pensionskasse etc.) hinnehmen müssen. Ab dem 1.8.97 ergeben sich durch die 50 prozentige Pensionierung weitere erhebliche finanzielle Einbussen.«

Es dauerte auch nicht mehr allzu lange, da konnte Ruedi Urben mit seiner stark angeschlagenen Gesundheit sein 50 % Arbeitspensum nicht mehr bewältigen und er musste als »ganzheitlicher« IV-Rentner aus dem Arbeitsprozess ausscheiden.

Auch solche Aspekte dürfen in diesem Fall nicht verschwiegen werden.

Anmerkung:
Wie ein Mensch in einer solchen Situation zusätzlich noch seelisch belastet wird habe ich in meinem Kriminalroman: Schlimmer Verdacht, mit folgenden Worten beschrieben:

Jetzt mal abgesehen davon, welche Partei im Recht sein mag: Gegen die Stadt ist ein solcher Kampf immer einer mit ungleichen Spiessen. Eine Stadt hat Zeit, ja Zeit genug. Und immer genügend Geld für Anwälte. Und falls das Gerichtsurteil nicht den Erwartungen entspricht, kann sie das Urteil immer noch bis zur höchsten richterlichen Instanz, dem Bundesgericht, weiterziehen. Geld und Zeit sind genug vorhanden. Jahre dauert so etwas. Für die Stadt kein Problem.

Ganz anders die Situation bei einem als privater Kläger auftretenden einzelnen Menschen. Vielfach schon durch das gerade Durchlebte angeschlagen, wird dieser Mensch einem langen, gesundheitsschädlichen Zermürbungsprozess ausgesetzt. Irgendwann gehen einem da die Kräfte aus, und im Nacken hat man stets den finanziellen Ruin. Man kann nicht mehr, will einfach nur noch seine Ruhe haben, und gelangt in einen Zustand, wo nur noch quälende Angst herrscht, die Angst nicht länger durchhalten zu können. Irgendwann resigniert man dann, gibt erschöpft und ausgebrannt auf.

Nach all diesen Erkenntnissen, kann man die Augen nicht verschliessen, vor der Tatsache, dass hier ein begründeter Verdacht vorliegt, dass hier mutmasslich ein krimineller »Verschleierung- und Vertuschungskrampf« auf höchster Ebene, geschehen ist. Die Beweislage ist erdrückend. Jedes Leugnen wäre lächerlich.

So habe ich erneut einen aktualisierten Bericht mit eingeschriebener Post an den Zürcher Gesamtstadtrat gesandt, mit der durchaus höflich gemeinten Bitte. Das sich der Gesamtstadtrat von Zürich inskünftig bei solchen an sie herangetragenen, ähnlich gelagerten Fällen professioneller und rechtsstaatlich korrekter verhalten soll.

Der Gesamtstadtrat von Zürich hat daraufhin die SP Polizeivorsteherin Esther Maurer (Nachfolgerin von SP Polizeivorstand Robert Neukomm) die Ermächtigung ertcilt, mir ein Antwortschreiben aufzusetzen bzw. zu schreiben und mir zuzustellen. In ihrem Antwortbrief stand der Satz:

»Da auch nach sorgfältiger Prüfung aller Unterlagen keine rechtsgenügenden Anhaltspunkte für eine allfällige Begünstigung oder ein unkorrektes Ermittlungsverfahren zu finden sind.« Punkt! Schluss!

Bis hin zu dem Zeitpunkt wo die Polizeivorsteherin Esther Maurer in eigener Freiwilligkeit sich aus dem Stadtrat zurückzog habe ich erneut an sie gerichtete zwei Briefe geschrieben, sie auf den Fall angesprochen, ihr Fragen gestellt, sie um Hilfe gebeten. Dabei habe ich konkret den Gerichtspräsidenten-Fall angesprochen. Dabei seinen vollen, richtigen Familiennamen genannt. Sie darauf aufmerksam gemacht, dass es sich bei den Polizisten die davon erzählten, es sich um integre, glaubwürdige und fachlich bestens ausgewiesene Polizeibeamte handelt.

Mein Wunsch, mein Anliegen an PV Esther Maurer bestand darin, dass ich den Kontakt zwischen der Polizeivorsteherin und diesen Polizisten (ehemals verdeckte Fahnder, Kripobeamte von der Kinderschutzgruppe der ersten Stunde) herzustellen, wo sie dann persönlich von diesen Leuten, quasi aus erster Hand, die Richtigkeit »von meiner geschilderten Seite« sich anhören kann.

Aus den zwei Briefen noch eine kleine Auswahl von mir an die Polizeivorsteherin Esther Maurer gerichteten Sätzen:

Wie Sie aus meinem Bericht entnehmen konnten, habe ich in dieser Sache mehrmals in schriftlicher als auch mündlicher Form mich hilfesuchend an mehrere, mir übergeordnete Führungsinstanzen gewandt. Allein schon das Verhalten gegenüber meiner Person spricht als Indiz dafür. Anstelle der Einleitung einer rechtsstaatlich konformen Untersuchung, wurde erst einmal mit einem Nichteintreten, Nichtreagieren und später mit Verschleppungsmanövern, Abschottung und Isolation des Betroffenen (Fw Ruedi Urben), Fehlleistungen, Falschheiten und Lügen operiert. Was ich da für Ungeheuerlichkeiten an unzulänglichem, menschlichem Verhalten erfahren musste. Da taten sich Abgründe auf. Das hat mit Rechtsstaatlichkeit nichts mehr zu tun.

Ganz irritiert hat mich das Ganze als ich erfahren musste, dass sogar der Chef der Fachgruppe Sittenpolizei Josef Scheuber, nichts von einer Untersuchung gewusst hat. Josef Scheuber ist 2006 pensioniert worden und hatte damals noch vor dem gesundheitlichen Zusammenbruch von Fw R. Urben, zur Sittenpolizei gewechselt. Zuerst als stv. Chef und später als Chef.

Es ist ein Ding der Unmöglichkeit in dieser Sache eine rechtsstaatlich konforme, korrekte Untersuchung zu bewerkstelligen, ohne die Angehörige der Puma-Gruppe, der Kinderschutzgruppe (der ersten Stunde) und der Sittenpolizei zu tangieren, diese zu befragen und deren Aussage protokollarisch, dokumentarisch, festzuhalten.

… hat mich der Fall bis zum heutigen Tag immer wieder beschäftigt und nie losgelassen. Dies umso mehr, als auch Jahre später ein noch aktiver Korpsangehöriger, aus seiner Zeit bei der Puma Observationsgruppe sich wiederholt dazu geäussert hat. Ein sinngemäss, gleichlautender Sachverhalt habe ich auch von einem Kripobeamten der der Kinderschutzgruppe der ersten Stunde angehört hat, so bestätigt erhalten …

Dabei habe ich mich nur so verhalten wie ein vereidigter Polizist dazu verpflichtet ist. So habe ich doch immerhin in einem Gotteshaus hierfür ein Gelübde abgelegt. Doch bedeutet dies immer noch das kleinere Uebel eine unredliche Polizeiführung zu ertragen, als bei solch gravierenden Missständen beide Augen zu verschliessen und weiter durchs Leben zu gehen, so als wäre nichts geschehen.

SP Polizeivorsteherin Esther Maurers Antwortschreiben lautete:
»Der Stadtpräsident teilte Ihnen am 15. Januar 1997 u.a. mit« … (dass Alles bla bla bla korrekt abgelaufen ist … Punkt, Schluss!)

Immerhin wenigsten wurde ich später auf Stufe Zürcher Stadtrat mit solchen Briefen abgehandelt, während meine Briefe an die Polizeiführung (Offiziersstufe) bei der Stadtpolizei Zürich allesamt irgendwo in einem »schwarzen Loch« verschwanden.

Geschäftsprüfungskommission (GPK) des Gemeinderates der Stadt Zürich

Grosse Hoffnungen hatte ich in die GPK, als ich mich hilfesuchend mit einem ausführlichen, gut dokumentierten Bericht an diese »auswärtige«, unabhängige Kontrollinstanz bzw. Prüforgan, der Zürcher Stadtverwaltung und deren Exekutive, wandte. Als Präsidentin der GPK amtete die SP-Gemeinderätin Katrin Wüthrich und Ansprechperson bzw. Verbindungsmann zum Polizeidepartement war der CVP-Gemeinderat Christian Traber. Christian Traber ist ein Parteikollege der heutigen CVP-Regierungsrätin des Kantons Zürich Silvia Steiner. Neben der »direkt« mit der GPK geführten schriftlichen Korrespondenz schrieb ich zusätzlich dem CVP Gemeinderat Christian Traber einen Brief mit enthaltenen wichtigen Zusatzinformationen und für mich neu aufgetauchten Fragen. Eine Antwort erhielt ich von diesem CVP-Gemeinderat nicht.

Vorbildlich, und dafür bin ich noch heute dankbar, gestaltete sich mein Kontakt zum GPK Mitglied und SVP Gemeinderat Bruno Amacker, dieser beruflich als Jurist in einem Richteramt tätig ist. Er klärte mich sehr gut auf, was die GPK genau ist, welche Funktion sie hat, wie deren Arbeitsablauf, Arbeitsweise aussieht. Selbst über die vorhandenen

Schwachstellen dieser politischen Miliz-Kontrollbehörde gegenüber der Zürcher Stadtverwaltung wurde ich von ihm in Kenntnis gesetzt.

Besonders hoch anzurechnen war GPK-Mitglied Bruno Amackers ehrliche Meinung bezugnehmend auf den Whistleblower-Fall Esther Wyler und Margrit Zopfi.

Bruno Amacker: »Meine persönliche Meinung ist ohnehin, die, ... welche auch die Richterin (Dr. iur. Claudia Bühler) am Bezirksgericht vertreten hat. Wenn Angestellte der Stadt einen Missstand aufdecken wollen, ist es illusorisch zu glauben, dass ihnen eine andere städtische Stelle (Ombudsstelle, GPK) wirklich helfen kann und deshalb in Fällen wo man es erfolglos probiert hat an die Öffentlichkeit gelangen dürfen soll. Aber das Obergericht hat da eine andere Meinung, wahrscheinlich auch das Bundesgericht.«

Anmerkung:

Das Bundesgericht entschied dann auch so, wie das GPK-Mitglied, Jurist, Richter und SVP-Gemeinderat Bruno Amacker es vorausgeahnt hat.

Die Antwort der GPK lautete:

Ihre Angelegenheit betreffend Mobbing in der Stadtpolizei Zürich.

Es wurde entschieden nicht auf den Fall einzugehen.

In meinem Abschlussbrief an die GPK finden sich folgende Textteile, solche wo es mir wichtig erscheint, an dieser Stelle sie nochmals wiederzugeben:

Zunächst möchte ich mich an dieser Stelle bei Ihnen für Ihr Antwortschreiben bedanken mit dem von Ihnen mitgeteilten, gefällten Entscheid, den es in diesem Sinne für mich auch zu akzeptieren gilt.

Dies, auch wenn der Aspekt: Mobbing in der Stadtpolizei Zürich, in meiner GPK-Anfrage nicht das eigentliche Kernthema beinhaltet, sondern im geschilderten Fall, das Mobbing als eine kausal sich daraus ergebende Begleiterscheinung zu verstehen ist.

Nun gut, man möge mir an dieser Stelle gegenüber meiner Person Verständnis aufbringen, hier noch folgende abschliessende Gedanken zu Papier zu bringen.

Schade, dass meine GPK-Anfrage keine Hebelkraft verfügt hat nebst dem Mobbing in diesem Fall untrennbar verbundenen mutmasslichen Amtsmissbrauch, Begünstigung, Unterdrücken von Urkunden, nachträgliches Verschleiern von tatsächlichen Vorkommnissen infolge einer unkorrekt durchgeführten Untersuchung, schwere Verletzungen von Berufspflichten etc. auf den Grund zu gehen wollen, respektive vom Polizeidepartement Klarheit zu verlangen.

An Geringfügigkeit und an mangelnder Qualität meiner vorgebrachten Argumente kann es jedenfalls nicht gelegen haben.

Da kann es schon Irritationen auslösen, wenn hier die GPK die Angelegenheit unter dem falschen bzw. irreführenden Titel: »Ihr Anliegen betreffend Mobbing in der Stadtpolizei Zürich«, ausweichend, verharmlosend, abgehandelt hat. Politisch, eine bemerkenswerte GPK-Sach-Verdrehung.

Was meine Person anbelangt: Ich selber bin ein einfacher Polizist, mehr nicht. Einer der in gesunder Selbsteinschätzung das Glück besitzt in seiner beruflichen Endposition am richtigen Ort, in der richtigen Position, in der Quartierwache Schwamendingen Dienst leisten zu können. Ein praxisbezogener Frontpolizist und Generalist, ähnlich wie ein Stationierter auf dem Land.

Insbesondere im Polizeidienst gilt der Leitsatz:
»Wir sind nicht nur für das verantwortlich, was wir tun, sondern auch für das, war wir nicht tun.« Und eben aus solchen Verhaltensweisen heraus ergeben sich Tatbestände wie Amtsmissbrauch und Begünstigung.

Nochmals rückblickend: Als ich mich damals in der Sache hilfesuchend mittels Briefe an den damaligen Polizeivorstand wie auch u.a. an den Polizeioffizier Philipp Hotzenköcherle seines Zeichens späterer Kommandant gerichtet habe, dachte ich mir, meine Aufgabe erledigt zu wissen. Ich ging davon aus, dass in der Kompetenz der angeschriebenen Führungspersonen nun Alles ordnungsgemäss rechts- und verfahrensmässig seinen weiteren Verlauf nehmen würde. Wäre dies in dem Sinne geschehen und hätte man die Sache nicht aussitzend ins Leere laufen lassen und sich blind gestellt, so hätten sie nie und nimmer weitere Interventionen von mir ergeben müssen.

Mit dieser Art von Problembewältigung hat man der Sache einen Bärendienst erwiesen. Die Wahrheit oder zumindest die materielle und/formelle Wahrheit wie man in Juristendeutsch zu sagen pflegt, im Fall des Gerichtspräsidenten, gibt es bis heute nicht.

Das Verschulden ist nicht leicht. Diesen Vorwurf müssen sich die Führungsverantwortlichen gefallen lassen.

Es liegt halt in der Natur eines Polizisten beharrlich Spuren zu verfolgen, die Andere mit aller Kraft verwischen suchen.

Anmerkung:
Mit meiner Aufklärung kam ich so nah, wie dies unter solchen Umständen möglich ist.

Somit war es nur legitim und folgerichtig, dass ich mich noch an die GPK des Gemeinderates der Stadt Zürich gewandt habe.

Möge diese Handlung auch nur noch als symbolische Handlung, ein Zeichen sich von kriminellen Machenschaften in der Hierarchie zu distanzieren, gedeutet werden, doch gezwungenermassen dazu verpflichtet musste dies sein. Schliesslich will ich mich als Mensch und Polizist morgens noch im Spiegel anschauen können und mir nicht stetig die quälende Frage stellen, ob ich hier wirklich alles Menschenmögliche getan habe?
Was dann ausserhalb meiner Möglichkeit geschieht, vermag ich nicht zu ändern. Das heisst aber noch längst nicht, dass ich dies für richtig halte. Denn wenn man solches für richtig hält, stimmt die ganze Sache nicht.

Bedauerlich, dass die GPK des Gemeinderates der Stadt Zürich in diesem Fall dies anders gesehen hat, für sie kein Klärungsbedarf angezeigt ist und den Tatbeweis ihrer an sonstigen Funktionalität hier nicht erbracht hat.

155

Gleichwohl Bedanke ich mich nochmals bei Ihnen für die Behandlung meines Anliegens, wünsche Ihnen alles Gute und verbleibe mit freundlichen Grüssen.

Orientierungskopie von dieser schriftlichen GPK Korrespondenz gingen an das Zürcher Bezirksgericht und an das Zürcher Obergericht.

2016 Herausgabe meines Kriminalromans: Schlimmer Verdacht

Im Kampf gegen das Vergessen und zu Ehren des Sittenpolizisten Fw Ruedi Urben, habe ich dieses Buch geschrieben. Vom Inhalt dürften etwa 60 – 70 % den Tatsachen entsprechen, den übrigen Teil kann man als »literarische Freiheit« bezeichnen.

Immer wenn ein Zeitungsbericht über das Buch erschien, wie etwa im Tages-Anzeiger oder in der Migros Zeitung hoffte ich insgeheim, der Artikel werde auch etwa von einem »aktuellen« Zürcher Stadtrat gelesen, dieser daran Interesse zeigt und sich mit mir in Verbindung setzt und ich ihm dann der Fall mit meinem vorhandenen Wissen näherbringen kann. Sicher hätte es auch eine interessierte Person von der Justiz, Gericht, Staatsanwaltschaft, sein können, doch dies war nicht der Fall. Man hüllte sich in Schweigen.

In diesem Fall musste ich schmerzlich die Erfahrung machen, dass es praktisch ein Ding der Unmöglichkeit für einen kleinen Untergebenen in einem Staatsapparat (auf politischer als auch operativen Führungsstufe) bei solch tragisch, unredlichen, ja mutmasslich kriminell verlaufenen Fällen überhaupt etwas spürbar zum »Guten« zu einer besseren, korrekteren Rechtsstaatlichkeit bewirken zu können.

560 / 98

Stadtpolizei; Entschädigungssumme an einen Korpsangehörigen

1. Auf Antrag der Stadtpolizei wird

   Polizeiwachtmeister mbA Rudolf U r b e n , ▆▆▆▆▆▆▆▆▆

   wohnhaft ▆▆▆▆▆▆▆▆ , 8052 Zürich

   für erlittenes Mobbing als Sb Gruppe Sittenpolizei in den Jahren 1989 - 1994 die Entschädigungssumme von Fr. 11'000.– (enthaltend Besoldungsnachgenuss für vorüber-
   gehende Rückstufung der Besoldungsklasse sowie fallbedingte Inkonvenienzen) als
   einmalige Pauschalsumme per Saldo aller Ansprüche ausgerichtet.

2. Die Auslagen sind dem Konto 2520.00.3010.101 zu belasten.

3. Die Dienstabteilung veranlasst die Auszahlung durch das Personalamt mit Meldeliste
   für Besoldungsbestandteile.

4. Mitteilung an Finanzdepartement, Personalamt, Stadtpolizei (3) sowie an <u>Pol Wm mbA
   Rudolf Urben</u>.

Für richtigen Auszug

Departementssekretär

Ab dieser für mich jahrelangen traumatischen, seelisch belastenden berufsbegleitenden Erfahrung habe ich mir sogar die Frage gestellt, ob ein derartiges »Problemumgangsverhalten« auf höchster Führungsebene auch in anderen Polizeikorps so möglich ist?

Nur die Spitze des Eisberges?

Bei der Kinderschutzgruppe der ersten Stunde wurde bei der Bestandsaufnahme festgestellt, dass bei der Bezirksanwaltschaft ein ganzer Stapel von Pädophilen-Fällen bis zur Verjährung unerledigt blieb. Bei der Zürcher Bezirksanwaltschaft bis in die Verjährung hinein, verschleppte Pädophilen-Fälle? Auch Solches ist in meinen Bericht erwähnt, gehörte mit als Gegenstand der Ermittlungen bzw. beauftragten Untersuchung.

Nach Herausgabe meines Krimis: Schlimmer Verdacht, ergab sich ein Treffen mit zwei ehemaligen Sachbearbeitern Roland Betschart und Peter Hoff von der Kinderschutzgruppe der ersten Stunde, die offensichtlich Freude an meinem Buch bekundeten. Wofür ich ihnen dankbar bin. Etwa 70 % vom Textinhalt dürften den Tatsachen entsprechen, so deren Ansicht.

Bei diesem Treffen wurde ich von diesen zwei ehemaligen Kinderschutz-Sachbearbeiter gefragt, ob ich wisse, dass gegen den Oberstaatsanwalt Marcel Bertschi, der die laufenden Ermittlungen gegen den Gerichtspräsidenten gestoppt hat, vorgängig, gegen diesen Oberstaatsanwalt Bertschi selber Ermittlungen wegen mutmasslich strafrechtlichen, relevanten Pädophilie gelaufen seien? Arg erstaunt war ich. Nein! Von dieser brisanten Sache wusste ich nichts.

Zu einem etwas späteren Zeitpunkt, fand dies auch der infolge meines Kriminalromans zu recherchierend beginnende Tages-Anzeiger Journalist Res Strehle heraus.

Dieses sehr diskret als »Geheimsache« verlaufenes strafrechtliches Ermittlungsverfahren gegen den Oberstaatsanwalt Marcel Bertschi wurden von den zwei Staatsanwälten Andreas Brunner und Jürg Fäes geführt.

Andreas Brunner, Anfang der 90er Jahren einer der jüngsten Staatsanwälte im Kanton Zürich, ermittelte quasi gegen seinen eigenen Chef. Die damaligen Ermittlungen gegen seinen Chef seien für ihn eine höchst heikle Aufgabe gewesen, sagt er heute – etwas wortkarg. Tages-Anzeiger Journalist Res Strehle sinngemäss: »Es machte auf mich den Eindruck, dass diese zwei Staatsanwälte Andreas Brunner und Jürg Fäes peinlich berührt waren, und sie sich nicht mehr wohl fühlten, als ich sie auf diesen Fall ansprach.« Staatsanwalt Andreas Brunner. Er habe sie (die Aufgabe) nicht allein übernehmen wollen und deshalb den erfahrenen Kollegen und früheren Chef Jürg Fäes um Mitwirkung gebeten.

Aspekt: Frauen, die aktiv in diese Geschehnisse involviert sind.

In der Schweiz wird schon heute da und dort die Forderung in die Praxis umgesetzt, wenn eine Person (Beschuldigter) wegen eines Pädophilen-Deliktes vor einem Gericht rechtsgültig verurteilt wird, diese inskünftig ein Verbot für bestimmte Berufe, öffentliches Amt (Lehrer, Sporttrainer, Kinderkrippenbetreuer etc.) die mit Kindern und Jugendlichen zu tun haben, auferlegt wird.

Ich gehe da noch einen Schritt weiter und fordere, wenn eine Amtsperson sich derart mutmasslich amtspflichtwidrig auf diesem Gebiet, wie dies bei der Polizeioffizierin Silvia Steiner der Fall sein dürfte, so ist auch eine solche Person für ein öffentliches Amt nicht mehr tragbar.

Nebst der heutigen CVP-Regierungsrätin Silvia Steiner war auch die SP Polizeivorsteherin Esther Maurer (ehemalige Lehrerin) involviert. Hinzu kommt die SP Gemeinderätin Katrin Wüthrich mit noch weiteren in der GPK einsitzenden Stadtzürcher Gemeinderätinnen aus dem politisch rechten wie linken Spektrum. Letztgenannte Frauen sind mitverantwortlich, dass in der GPK der Entscheid gefallen ist, nicht auf den Gerichtspräsidenten-Fall und deren mutmassliche Verschleierung bzw. Vertuschung durch die Zürcher Stadtbehörden, einzutreten.

Dieser Fall zeigt auf, dass es Frauen im Polizei-/Justizwesen und in der Politik gibt, die in solch hochsensiblen Bereichen, etwa wo es um mutmasslich strafrechtlich, relevante Pädophilie, Kindsmissbrauch und Vertuschung geht, sich ganz anders verhalten als man es von ihnen erwartet.
Eine beunruhigende Hypothese ist das. Tatsache ist leider. Ein nicht geringer Anteil von Kindsmissbrauchsfällen wird allein deshalb nie bekannt oder bestraft, weil Frauen sie gedeckt oder begangen haben. Vertuschung ist genauso schlimm wie Missbrauch. Die Frau als eigenständige Täterin oder Mittäterin, als schweigende, duldende Mitwisserin erscheint vielen Leuten noch undenkbar. Solche Frauen sind oft unsichtbar für das Radar der Strafverfolger, weil man diese Tatmöglichkeiten nicht sehen möchte. Insbesondere Feministinnen fällt dies schwer zu akzeptieren, dass Frauen nicht immer nur Opfer sind.

Guido von Castelberg
geboren 6.9.1927, gestorben 20.4.2015
Präsident des Zürcher Kassationsgerichts
1987–1997

Gegen diese Person wurden Ermittlungen wegen mutmass-
licher strafrechtlich, relevante Pädophilie getätigt. Ermittlungen die sich bis nach Frankreich/Paris erstreckten.
Das laufende strafrechtliche Ermittlungsverfahren wurde
dann durch den Staatsanwalt Marcel Bertschi auf eine
rechtsstaatliche fragwürdige, unkorrekte Weise gestoppt.
Zum Fall erstellte, vorhandene Akten wurden entsorgt bzw.
vernichtet. Abläufe wie etwa die Beendigung/Einstellung
des Strafverfahrens wurde aktenmässig nicht dokumentiert.
Damit wurde die in der Strafprozessordnung festgehaltene
Aktenführung- und Dokumentationspflicht verletzt. Dies,
neben weiteren begangenen strafrechtlichen Tatbestände.

Ein dunkles Kapitel in der Zürcher Justizgeschichte.

Übrigens war der Gerichtspräsident **Dr. Guido von Castelberg** zu seinen Lebzeiten politisch ein aktives Parteimitglied
der **CVP Christlichdemokratische Volkspartei** gewesen. Ein Parteikollege der **CVP** Zürcher Regierungsrätin Silvia
Steiner. Somit hat eine **CVP-Parteikollegin** (Silvia Steiner)
gegen ihren eigenen **CVP-Parteikollegen** federführend
eine amtlich beauftragte Untersuchung durchgeführt. Dies,
trotz vorhandenen gravierenden, rechtsstaatlichen Ungereimtheiten, mit dem Ergebnis: dass dem Gerichtspräsidenten ein
„Persilschein" ausgestellt worden ist.

In unserer Welt zu leben ist gefährlich, nicht nur wegen jenen, die das Böse tun, sondern wegen jener, die zuschauen und geschehen lassen. Ein Verhalten das so unendlich viel Leid und Unglück anrichtet, bis heute.

Ein juristischer Standpunkt zu diesem Fall:

Wenn Anhaltspunkte bzw. der Verdacht im Raume standen, dass von einem Staatanwalt (Dr. Marcel Bertschi) die getätigten strafrechtlichen Ermittlungen gegen den Richter Dr. Guido von Castelberg auf eine rechtsstaatlich unkorrekte Weise eingestellt worden sind, dadurch den Richter gedeckt wurde, hatten all die, die das wussten, das Recht zu einer Anzeige. Wer es in seiner amtlichen Funktion weiss, hat gar eine Anzeigepflicht. Dazu ist der rechtsstaatlich vorgesehene Weg einzuschlagen. Das sind, weil es sich um den ersten Staatsanwalt handelte, keinesfalls die Stadtzürcher Behörde dazu befugt gewesen. Die Abklärungen hätten von den zuständigen Behörden in diesem Fall vor allem durch den Zürcher Regierungsrat und Kantonsrat, allenfalls eine Bundesbehörde, nicht aber eine untergeordnete städtische Behörde treffen müssen.

Wieso sich der Zürcher Stadtrat und das Kommando der Stadtpolizei Zürich rechtsstaatlich derart unkorrekt, falsch verhalten hat, ist juristisch gesehen, völlig unbegreiflich.

Zum Autor:

Peter Mathys, 1957 in Zürich geboren. Aufgewachsen in Zürich und auf der Forch. In den 70er Jahren Spitzensportler im Velo-Club Meilen als Strassen- und Radquerfeldeinfahrer. Erster erlernter Beruf: Bankangestellter bei der Schweizerischen Bankgesellschaft, heute UBS. 1982 nach der Polizeischule als Polizist bei der Zürcher Stadtpolizei tätig.

Peter Mathys berichtete mehrere Jahre als Kolumnist über den Polizeialltag in der Züri Woche.

Vor seinem ersten Kriminalroman erschien als E-Book bei Amazon: *Polizeifront*. Ein Sachbuch über die Polizei, mit 623 Seiten.